講談社文庫

それ自体が奇跡

小野寺史宜

講談社

目次

それ自体が奇跡

始まりの日

「サッカーをさ、やりたいんだよ」と貢《みつぐ》が言い、

「いいんじゃない？」と綾《あや》が言う。

貢と綾。田口《たぐち》夫妻。結婚三年めになる。

みつば南団地D棟五〇一号室。居間のソファに座っている。向き合ってはいない。並んでもいない。ななめの位置。

午後八時。二人にしては早い。この時刻に二人がそろい、夕食をすませてそのソファに座れることはあまりない。今日だから、それが可能になった。

「ただやるだけじゃなく、本気でやる。高いレベルで」

「どういうこと？」

「大学の先輩がチームを立ち上げたんだ。もとはOBのチームだったのをひとまわり大きくした。それで声をかけてくれたんだ。こっちの事情も知ってたみたいで」

「これまでとはどうちがうの？」

「まず企業のチームではない。クラブチーム。で、近い将来のＪリーグ入りを目指す。四、五年でそうしたいと、その先輩は考えてる」

「プロになるってこと？　貢、もうすぐ三十一だよ」

「おれがプロになるって話じゃないよ。そのときまではさすがにプレーできないだろうし。ただ、力になってほしいって言うんだよ」

「力になんてなれるの？」

「試合を何度か観に来たみたいで、どうにかやれると判断したらしい」

「会社とはまったく無関係ってことなんでしょ？」

「うん。関係はない」

「お金とか出るの？」

「出ないよ。プロを目指すけど、立場はアマ。みんな、働きながらやってる。だからこれまでとそんなには変わらないよ」

「変わるでしょ。仕事が疎《おろそ》かになるに決まってる。いい顔だってされないよ。試合はまた土日なんでしょ？」

「うん」

「じゃあ、無理じゃない。試合のたびに休ませてくれって言うわけ？　考えてよ」

「考えたよ」

「絶対ダメ。去年までだって、遊びの感じではなかったわけじゃない。でも一応は会社の部だし、息抜きにもなるからいいと思った。その上はやめてほしい。断ってね」

「いや。もう受けた」

「え？」

「話を受けた」

「何それ」

「やっぱりサッカーは、やりたいから」

「同好会とか地域のチームとかにしてよ」

「クラブチームは地域のチームだよ。東京二十三区にJリーグのチームをつくろうって、そこから始まった話みたいだし」

「町ぐらいの規模にしてって言ってるの。ここにも子どもたちのチームがあるじゃない。そういうとこで教えるとか、せめてその程度にしてよ」

「教えるのはいいよ。そんなに興味がない」

「何で相談してくれないの？」

「いや、だから今こうやって」

「こういうの、相談て言わないよ。ただの報告じゃない。事前にするのが相談でしょ。やっぱりやめますって言ってきて。妻が反対したんでって言っちゃってもいいから」

窓を開けてもいない団地の居間に風が吹く。初めて吹く類《たぐい》の風だと、貢と綾、どちらもが感じる。

「無理ってことはないと思うんだ。チームのほかの人たちはやってるわけだし」

「土日休みだからできるんでしょ。貢の大学の出身者ならいい会社に勤めてる人も多いだろうし」

「チームにいるのはウチのOBだけじゃないよ。上を目指すってことで、オープン化した。今は元プロもいるよ」

「だったら、わざわざ貢に声をかけなくてもいいじゃない」

「でもかけてくれたんだからうれしいよ」

「うれしいです。ありがとうございます。でもやれません。そう言って断って」

「レベルが高いとこでプレーできるなら、やれるうちはやりたいよ」

「もうやれるうちではないでしょ。三十で、働いてて、結婚もしてて。それをやれるうちなんて言わないでよ」

一月一日。二人が勤める百貨店唯一の定休日。夫婦の一年が始まる。

逃走の三月

「では貢の新たな門出を祝して」と研吾《けんご》。

「門出は変だろ」とおれ。

「冒険は冒険だから門出でしょ」と俊平《しゅんぺい》。

「ジョッキが重いから早く！」と春菜《はるな》。

「乾杯！」と研吾が最後に言って、おれらは乾杯する。

ジョッキは一人一人と当てる。おれは、正面の春菜、右隣の俊平、右ななめ向かいの研吾、の順。そしてビールを飲む。オリオンビールだ。よく冷えている。ジョッキの半分ほどを一気にいってしまう。

今年三十一歳になる四人。ここで無意味にパチパチと拍手をしたりはしない。あ、だの、うまい、だのと口々に言い、ジョッキをコースターに置く。

「それにしてもよく集まれたよな」と研吾。「逆に、こんな機会でもないと集まれない。その意味ではよかったよ、貢が無謀な挑戦をしてくれて」

確かにそうだ。こんなことでもない限り、同期は集まれない。それぞれに休みや勤務のシフトがちがうので、日程を調整するのは難しい。同期だからとの理由だけで集まれたのは、初めの三年ぐらい。そのあとは、異動だの結婚だの離婚だのがなければ集まらなくなった。今日のこれはかなり特殊な例だ。

三十歳でいわゆる本気のサッカーを始める田口貢の壮行会。集まったのは同期三人。柳瀬《やなせ》研吾と若松《わかまつ》俊平と横井《よこい》春菜。場所は銀座。勤める百貨店の近くにある沖縄料理屋。綾とも何度か来た店だ。午後九時の予約。やや遅めのスタート。百貨店の営業が午後八時までだから、どうしてもそうなる。四人全員が明日も仕事。二次会に行く余裕はない。

「何にしてもすごいよ」と今度は俊平。「Jリーグ入りを狙うチームなんでしょ？　貢、そんなにすごい選手だったんだね」

「すごくはないよ」と返す。「まだ何もしてない。おれ自身がプロになるとか、そんな話ではまったくないし」

「なのに三十の今から本気でやるっていう、そのモチベーションがすげえよな」とこれは研吾。

「そんな大したもんじゃないよ。会社の部はなくなったけどサッカーはやりたいってだけ。声をかけてくれたクラブの代表も、本気ではやるけど軽い気持ちで来いって言ってくれたし」

「いいな、それ。本気だけど軽い気持ち」

「でも」と春菜。「よく綾さんが許したね」

「うーん。許しては、いないのかな」

「そうなの？」

「たぶん」

綾はおれと同い歳。だが高卒で入社したので、同期ではない。四年先輩。だから春菜の呼び方も、綾や綾ちゃんでなく、綾さんになる。綾も店で働いているから面識はあるが、仲間というほどではないのだ。

ゴーヤーチャンプルー。ラフテー。もずくの天ぷら。グルクンの唐揚げ。頼んだ料理が続々と運ばれてくる。海藻とはいえ天ぷら。魚とはいえ唐揚げ。アスリート向きのメニューではない。だが、いい。それこそプロではないのだ。飲むときにまで抑えたくない。フィジカルのためにメンタルまで縛りたくない。

「チームメイトには若いのもいるんだよな？」と研吾がおれに尋《たず》ねる。「歳が近いやつだけじゃないだろ？」

「ないどころか、若いのばっかりだよ。三十代はおれ一人。今年から社会人てのも何人かいる。強くなるためにはどんどん新しい血を入れていかないと」

「まあ、そうか。そのなかでやるのは、やっぱすごいよな。大学出たてのやつなんて、体力でバリバリじゃん。そんなのに勝てるわけ？」

「体力では厳しいから、それ以外のとこでどうにか」

「それ以外か。おれみたいな素人《しろうと》は、ゴルフとかならともかくサッカーはキツいだろって思っちゃうよ」

「キツいことはキツいよ。今、走らなくていいサッカーなんてないから。まあ、走ることがすべてでもない。そう思うことにしてるよ」

「思うことにしてるってのもいいな」と研吾が笑う。「思わなきゃ、やってらんないもんな。おれもさ、結婚生活を無理に続けることがすべてではないと、そう思うことにしてるよ」

「それはちょっと笑えないよ」と俊平も笑い、

「笑えない笑えない」と春菜も笑う。

言っているのが研吾だから笑えるが、確かに笑えることではない。研吾は離婚している。結婚も早かったが、離婚も早かった。結婚したのが二十六歳のときで、離婚したのがその二年後。相手はメーカーから派遣されていた二歳下の販売員。仁科里乃《にしなりの》。名前も顔も知っている。披露宴に呼ばれたから。

入社後三年は呉服部にいた研吾は、すでに外商部に出ていた。対して里乃は化粧品の販売員。研吾が抱えていた顧客に、里乃のメーカーの製品を好んでつかうマダムがいた。そのマダムを売場に何度も案内するうちに、研吾自身が里乃とそういうことになったのだ。

自身が広告となるべくあれこれ塗《ぬ》りまくるよう指示されていたからか、里乃の外見は派手だった。が、内面はそうでもなく、話してみればむしろ堅実な感じがした。だから安心していたのだが、二人は二年で破局した。

研吾の結婚を祝してこんな飲み会をやり、二年後、離婚した研吾を慰《なぐさ》めるべく、またしてもこんな飲み会をやった。その二つが、まさに同期が集まるいい理由になった。

今日は一応おれの壮行会ということになっているが、実はもう一つ理由がある。七月に俊平が結婚するのだ。それがメインの理由にならなかったのは、先々週の土曜日に祝う会をやってしまったから。その日はチームの練習があったので、おれは出られなかった。練習だけならどうにかなったが、その後、新入団選手の合同歓迎会が開かれた。歓迎される側として、そちらを優先せざるを得なかったのだ。

俊平は七月に、三歳下の社員、米沢香苗《よねざわかなえ》と結婚する。そうなると、今ここにいる四人のなかで結婚歴がないのは春菜だけ。それは意外な感じがする。このなかでなら春菜が一番先に結婚するだろうとおれは思っていた。根拠もある。入社したときから、春菜には彼氏がいたのだ。

それを知ったのは、入社二年めあたり。付き合おうかというようなことをおれが言ってしまったからだ。

迫ったわけでも何でもない。あくまでも軽く言っただけ。部の練習後にグラウンドで。ポンポンとそれこそ軽めのボールリフティングをしながら。本気混じりであることは伝わったと思う。だからこそ春菜は言ったのだ。わたし彼氏いる、大学のときから付き合ってる、と。そう。春菜は同期にしてサッカー部のマネージャーだった。監督の磯崎《いそざき》さんに誘われたのだ。大学時代にバスケ部のマネージャーを務めていた経験を買われて。

今、春菜は子供服部にいる。子どもはいないのに子供服のことはやけにくわしくなっていく、と嘆《なげ》いている。去年からは仕入業務にも関わっているらしい。まだ主任だが、持たされる責任は増したようだ。同じ主任でありながら単に婦人服部の一員でしかないおれとはえらいちがいだと思う。

男三人は二杯め、春菜は一杯めのジョッキが空く。おれと研吾は引きつづきビールを、俊平はせっかくだからと春雨カリーなる泡盛を、春菜はシークヮーサーサワーを頼む。順調に酔いがまわった研吾は言う。

「貢はいいよなぁ。夢があって」

「何だよ、それ」

「普通、三十で夢は持てないだろ」

「別にそんなのじゃないって。ただサッカーをやるだけの話」

隣の芝生は青い。その典型だと思う。おれに当てはめて言うなら、隣のピッチは青い、か。三十歳で本気のサッカー。夢などではない。なら何なのか。逃げに近いかもしれない。近いというよりは、逃避そのものだ。何からの？　仕事からの。

「おれら同期のトップなんだから、がんばってくれよな。何ならJリーガーになっちゃえよ」

「クラブがプロ化するころにはもう引退してるって。その前に、トップって何だよ。ボトムに向かってそれはないだろ」

「は？　どこがボトムだよ。会社の期待を背負ってんのに」

「まさか。会社は困ってるよ、おれをいさせる場所がなくて」

「いさせる場所がないやつを八年も婦人に置いとかねえって」

「それはあれだよ、売場自体が大きくて、おれがいても邪魔にならないからだよ。ほかに黒須《くろす》くんもいるし」

「黒須？　そんなら貢のほうが上だろ」

「いやいや。それこそまさかだよ」

歳下に抜かれたくない。同期が抜かれるのも見たくない。今のは研吾の意地から出た言葉だろう。

「やっぱ見てくれがいいのはデカいよな。さすがにアスリートだからさ、貢はスタイルがいいんだよ。スーツ姿も栄《は》える。見栄えがいいんだ」

「それ、わたしも思った」と春菜。「売場に田口くんがいると、何か華やかだよね。背が高いから、遠くからでもわかるし」

「そうそう」と俊平。「催事場《さいじじょう》で目立つよね。お客さまも忘れないと思うよ」

「大げさだよ」

「いや、そういうのはほんとにデカいんだって」と研吾。「貢は顔も悪くないけど、何ていうか、よすぎない。タレントみたいな顔だと、それはそれでダメなんだ。その感じが好きな女性客は集められるけど、そうじゃない人はむしろ引くから。その点、貢はちょうどいいんだよ。華やか。でも度を越さない。会社が売場に置いときたくなるのもわかるよ」

「だから大げさだって。そこまでいくと、悪口にしか聞こえない」

それでも、いやな気はしなかった。来てよかったな、と思う。少し気持ちがほぐれる。

結局、オリオンビールをジョッキで四杯飲んだ。男三人は締めに沖縄そばを食べた。ハーフサイズとのことだったが、量はそれなりに多かった。

「いつもながら、男の人のその締めっていう発想はよくわからない」と春菜は笑う。

「何を締めてるのか、何で締める必要があるのか。ほんと、わからない」

「最後はやっぱ炭水化物をがっつりいきたくなっちゃうのよ」と研吾が説明した。

「おれの上司なんてもう四十だけど、こんなふうに締めたあと、さらにラーメン屋で締めたりするからな。しかもそこでまたビール。太るだろ、そりゃ」

「貢はアスリートだけど、こんなふうに締めちゃっていいわけ？」

俊平にそう訊《き》かれ、こう答える。

「その分のカロリーは体を動かして消費するよ。でも、まあ、これが最後の締めかな」


サッカーは小学一年のときに始めた。やればやるほどうまくなった。楽しいからやり、うまくなるから楽しかった。いい循環だ。楽しければ子どもはやる。夢中になる。

中学ではサッカー部に入らず、クラブのジュニアユースでプレーした。フォワード志望だったが、ディフェンダーに固定された。貢はそのほうがいい、とコーチの八代《やしろ》さんに言われたのだ。お前は後ろからピッチを見るほうが向いてる、と。

高校はサッカーの名門に行った。いや、かつての名門。進学校でもある公立だ。ユースに上がることは考えず、初めからそこに行こうと決めていた。それには、八代コーチの教えも影響していた。お前ら、サッカーしかできない人間にはなるなよ。サッカーをやる人間はほかのこともやれるんだと、そう示せる人間になってくれ。

私立校の台頭で、もう何年も冬の選手権の県代表にはなれていなかったが、おれらの代はチャンスだった。どのポジションにもいい選手がそろい、本気で狙いにいった。だが準決勝で敗れ、全国には行けなかった。

大学にはサッカーで引っぱられた。学業成績では指定校推薦の基準に届かなかったので、そこへの進学はあきらめていたのだが、向こうから声がかかった。二年で試合に出るようになり、四年でキャプテンになった。選手としてのピークを迎え、そこそこの成績は残した。プロとの練習試合でも、それなりにやれた。充実した四年間だった。

関東選抜に入ったこともあるが、Ｊリーグのチームから声がかかることはなかった。かかったところで、応じなかっただろう。そこまでの選手ではないと自分でわかっていた。

就職先に百貨店を選んだことに深い意味はない。強《し》いて言えば、わかりやすい仕事だから。商社と言われたら何をしているかわかりづらいが、百貨店はわかりやすい。一人一人が何をしているか、想像もしやすい。本当にその程度の理由だった。

なかでも今の会社を選んだのは、やはりサッカー部があったからだ。就職活動を始めるまではそのことを知らなかった。知ったことで、すんなりそこが第一志望になった。

調べてみると、まあ、予想したとおりの感じだった。強くはない。東京都社会人サッカーリーグ三部に所属していた。ちょうどよかった。上を目指しはしないが、草サッカーでは張り合いがない。三部とはいえ、リーグに参加しているのは大きかった。定期的に試合はできるということだから。

入社面接のとき、おれの経歴を知っていた担当者にこう訊かれた。田口くんは、もし入社したら、サッカー部に入りますか？　入ってほしい、とのニュアンスもあるように聞こえたので、入ります、と答えた。今思えば、当時、会社はまだ部を立て直そうとしていた。サッカー部を持つ百貨店という売りを捨てきれずにいた。だからこそ、おれは入社試験に受かったのかもしれない。

それが九年前。就職事情もよくなかったので、募集人数は少なかった。そのせいか、新人は変に注目された。よその売場からわざわざ見に来る女子社員もいた。カッコいい、と言われたこともある。そうでもない、と言われたこともある。おれは婦人服部に配属された。花形といえば花形の部署だ。期待されてる証拠だよ、と当時の上司には言われた。

体育会出身。自分で言うのも何だが、そうでない学生よりは勉強しなかったと思う。だがそうでない学生も、多くはそれほど勉強しない。彼らに劣《おと》ることはないだろうと考えていた。仕事は普通にこなせるだろうと。

そうでもなかった。おれは一応経済学部卒だが、数学的なことは苦手だった。合理的なことも苦手だった。経済の本質を理解してもいなかった。理解しようとすると、頭のなかに膜《まく》がかかった。もちろん、マルクスぐらいは知っている。ただ、その名前を聞いてまず思い浮かべるのは、カール・マルクスではない。田中《たなか》マルクス闘莉王《トゥーリオ》だ。おれと同じディフェンダーの。

男の社員の場合、催事の準備などの裏方作業が多く、プロパーの売場に立つことはあまりない。おれはガムテープ片手に従業員用の階段を駆け上がったり、二十着のワンピースが掛けられたラックを引いて通路を駆けまわったりした。そこは体育会系。苦ではなかった。だが売場展開がどうとか、売上目標がどうとか、そんな話になるともうダメだった。意見を求められてもうまく応《こた》えられなかった。

高校生のころから、クレバーな選手だとよく言われた。田口は読みがいい、危機察知能力が高い。もしおれが本当にクレバーだとしたら、それはサッカーにおいてのみだ。そのことが、社会人になって痛いほどよくわかった。

入社後のサッカーに関しては、困難は何もなかった。東京都社会人サッカーリーグ三部。試合は三十五分ハーフ。高校サッカーの四十分よりも短い。チームのメンバーは、試合日に休日をあてて出場する。

リーグのレベルは高くない。去年、おれはセンターバックなのにチーム得点王になった。チャンスと見れば前線に上がり、ヘディングで点をとった。エースとして、PKも蹴《け》った。

チームには、是《ぜ》が非《ひ》でも三部から二部に上がろうとの意気ごみはなかった。上がれるなら上がろう、くらいの感じだ。上がったら大変だな、という感じも少しあった。百貨店として対外的な宣伝効果を見込めるわけではない。福利厚生の一環としてそういうこともやっていますよ、と社外ではなく社内にアピールする。その程度。そんな状態がもう長く続いていた。昔はリーグ一部にいたこともあるらしいが、おれが入ってからはずっと三部だ。

そして去年、ついに廃部になった。リーグ戦の終了を待って、チームは解散した。いい息抜きにはなっていたから、チームがなくなるのは残念だった。毎日の生活が仕事だけになるのだ。どこかよそのチームにでも入らない限り。

だがおれも三十。ちょうどいいチームを見つけるのは難しそうだった。草サッカーかフットサルに移行する。道はそれしかないように思われた。そこへ、誘いが来たのだ。娯楽の草サッカーやフットサルとは正反対のところから。

　その人は、本館三階の売場にお客としてやって来た。去年の十二月。平日の午後四時ぐらい。おれはいつものように裏方作業をしていた。別館にある狭い倉庫に内線電話がかかってきた。入社三年めの増渕葵《ますぶちあおい》からだ。

「田口さん。お客さまが来られてますけど」

「お客さま。誰？」

「お名前までは」

「女性？」

「いえ、男性です。田口貢さんを呼んでほしいと」

「わかった。ちょっと待ってもらって。すぐ行くから」

　ワイシャツの裾《すそ》をパンツに入れ直し、ネクタイを整えて、小走りに本館へ戻った。

　スーツ姿のその人は、売場で女性もののパンツスーツを見ていた。顔を見れば思いだすかと思ったが、思いださなかった。体つきはよかった。かつてスポーツをしていたがやめたことで少し太った、という感じ。歳は四十代前半ぐらい。

「お待たせしました。田口です」と声をかけた。

「あぁ、どうも。お呼び立てして申し訳ない」

「いえ」

「女性ものって、高いんだね」とその人は値札を見て言った。「男ものよりはつかう生地の量が少なくてすむはずなのに」

「デザインとか細かな縫製《ほうせい》とか、いろいろありますので」

「なるほど」

「えーと、どういったご用件でしょうか」

「急に来ちゃって悪いね。ツテをたどればケータイの番号ぐらいわかったのかもしれないけど、電話で話すより直接会いたかったんだ。きちんと買物もするので、そこはご心配なく。妻の誕生日が近いから、何か買わせてもらうよ。小物がいいかな」

「でしたら、こちらではないので、ご案内しますよ」

「いや、そこにある財布とかでいいよ。で、その前に」

その人はおれに名刺を差しだした。受けとって、見た。

カピターレ東京　代表理事　立花立

そう書かれていた。たちばなたつる、と読みがなもふられていた。

「一応ね、君の先輩なんだ。大学の。サッカー部の」

「あぁ、そうでしたか。それは、どうも」

「サッカー、やってたんだね。ついこないだまで」

「はい」

「残念ながら、部がなくなった」

「そうですね」

「でもやってたから、体はなまってない」

「いや、まあ、どうなんでしょう」

「見た感じ、なまってはいないよ」

「そうですか」

「で、ちょっと話をしたい。今ここでってわけにもいかないから、あとで時間をつくってくれないかな。仕事終わりに喫茶店でとか。何なら飲みでもいいし。仕事は何時に終わるんだろう」

「今日は、八時半ぐらいですね」

「じゃあ、そのころにお願いできるかな。喫茶店でも居酒屋でもいいけど。田口くんのいいほうにして」

「では、喫茶店で」

銀座一丁目にある喫茶『銀《ぎん》』の名前と場所を伝えた。

立花さんは、本当に、パンツスーツの横に陳列されていたブランドものの財布を買ってくれた。妻は黄色い財布が好きなんだ。レモンイエローじゃなくて真っ黄色。これはまさにどんぴしゃり。と、そんなことを言って。

閉店後、おれが喫茶『銀』に行くと、立花さんは二人掛けのテーブル席で何やら本を読んでいた。空いていた奥側のイスに座り、すぐに来てくれたマスターの大場《おおば》さんにいつものグァテマラを頼んだ。立花さんは言った。

「お店は十時までらしいから、さっそく。細かいことはあとまわしにして、まずは要点を。田口くんにね、ウチでプレーしてほしいんだ」

サッカー部の先輩だというのだから、ある程度は予想していた。コーチ補佐としてどうか、みたいなことだろうと。

「選手として入団する、ということでしょうか？」

「そう」

「名刺に書いてありましたけど、立花さんが代表をなさってるんですか」

「うん」

おれに考える時間を与えるためか、そこで話はいきなりそれた。

「立花立。変な名前だよね。そう思わなかった？」

「いえ、そんなことは」

「親が離婚したわけじゃないよ」

「はい？」

「離婚して母親が旧姓に戻ったからたまたまこの名前になったんじゃないってこと。おれが生まれたときに祖父がつけたらしいんだ。もちろん、その祖父も立花。男の子なら立と、初めから決めてたみたいでね」

「あぁ」

「何人かに言われたことがあるんだよ。親御さんが離婚したからそうなったんだと思ってましたって。だから早めに言うことにしてるんだ。変に気をつかわせないように。その話まですると、だいたい一発で覚えてもらえるよ。立花立、あいつかって。チームの件で人と会うことも多いから、案外大事なんだ、それ」

「確かに覚えやすいですね。もう忘れないと思います、僕も」

「田口くんの貢っていうのは、もしかして、あれ？　千代《ちよ》の富士《ふじ》からきてたりする？」

「当たりです」

「あ、ほんとに？」

「はい。父親が言ってました。千代の富士がすごく好きだったみたいで。僕はその現役時代を知らないんですけど」

「おれは知ってるよ。見てた。カッコよかったねぇ。相撲取《すもうと》りであのカッコよさは、歴代でもダントツじゃないかな。男女どちらからも人気があったよね。千代の富士貢っていうその名前もまたカッコよかった。おまけに強くてさ。まさに小さな大横綱だった」

「父親もそう言ってました。相撲をやれとまでは言わなかったですけど」

「言わなくてよかったよ」と立花さんは笑った。「言ってたら、田口くんはサッカーをやらなかったかもしれない。今日こんなふうに会えなかったかもしれない。で、とにかくそういうことなんだ。ぜひウチのチームに入ってほしい」

「カピターレ東京、ですか」

「そう。首都。英語で言うキャピタルだね。そのイタリア語。そこはカッコをつけた。母体はウチのOBチームでね、おとしはリーグ三部にいたよ。ブロックがちがったから、田口くんのとこととの対戦はなかったけど」

「一年で二部に上がりましたよね？」

「うん。四部からスタートして、三部二部一部、一年ずつでトントーンといった。上を目指すチームがそこでモタついてるようじゃダメだからね」

「上を、目指すんですか？」

「そう。Ｊリーグに加盟する」

「Ｊリーグ！」

「野球とちがって、サッカーは東京二十三区をベースにしたプロチームがないじゃない。だからどうにかしたいんだよね。企業も行政も巻きこんでさ、東京の真ん中にスポーツ文化としてのサッカーを根づかせたいわけ。オリンピックが終わるころにはJリーグに入りたい。スタジアムのこととかいろいろあるんで、そう簡単にはいかないだろうけど。とにかくスタートは切ったから、まずはチームの力を上げていかなきゃいけない」

話が自分の想像を遥《はる》かに超《こ》えていたことがわかった。チームはすでに東京都社会人サッカーリーグ一部への昇格を決めた。さらにその上へ行こうというのだ。関東サッカーリーグ二部、一部へ。次いで、アマの最高峰であるJFLへ。そしてJ3、すなわちJリーグへ。

「いや、それは」と立花さんに言った。「僕は仕事もしてますし」

「みんなそうだよ」とあっさり言われた。「プレーのほかにバイトもしてる、という話じゃない。みんな、ごく普通に仕事を持ってる」

立花さん自身、情報通信会社に勤めているという。大手も大手。だが自由度は高く、こうした社外活動も認められているそうだ。よそから給料はもらわない、との条件で。

「平日は火、水、木と練習して、試合が日曜なら土曜も練習する。そんなスケジュールで動いてる。場所は江東《こうとう》区のグラウンドだよ。企業が持ってたとこを借りてる。狭《せま》いけどね。そこの社長がウチの大学出身なんで、どうにか頼みこんだんだ。ほんとはスポンサーにもなってほしいけど、それは厳しいってことで、じゃあ、せめて練習グラウンドだけでも、とお願いした。その土地もいずれ売却するみたいだから、今も次を探してる。チームの事務所も江東区にあるよ。ホームは二十三区だけど、ベースは江東区」

「江東区って、大学と何か関わりがあるんでしたっけ」

「いや。カツマタさんていう部のOBがさ、商店街でだんご屋をやってるんだよ」

勝又聖作《せいさく》さん、だそうだ。立花さんよりもさらに上。今、五十歳。

「その店の二階を事務所として貸してくれたんだ、タダで。そこが始まり。チームを立ち上げることを話したらさ、初めはそんなの無理だろって言ってたんだけど、最後には協力してくれることになった。今は商店街のほかの人たちにもチームの話をしてくれてる。ほんと、ありがたいよ。そういうのも含めて、チーム運営は日々綱渡り。

地元の企業や店なんかに飛びこみで顔を出したりもするんだけど、支援の話を持ちかけると投資詐欺《さぎ》か何かだと思われることもあるよ」

大きな話であることはまちがいない。だが源は小さいらしい。

「仕事をやめたりはしなくていいんですよね？」

「いいも何もない。やめられたら困るよ。生活の保障なんてできないから。仕事もサッカーもやる、どちらも本気でやる。両立してもらう。なおかつチームとして上がっていく。というのがクラブの理念だよ。スポーツと文化、二つが一つになって生活に溶けこむ。それを東京でやりたいんだ。東京だからできるとも思うしね。もちろん、Jリーグ入りしたときにトップチームの選手にも働きながらプレーをさせるということではないよ。でも、例えばプロを目指さない子がジュニアユースやユースにいてもいい。プロにはならないけどサッカーはうまくなりたい。大人になってもプレーしたい。それでいいんだ。考えてみたら、プロがないほかの競技をしてる人たちはほとんどがそうなんだからね」

理屈としてはわかる。ジュニアユースの八代コーチが言っていたことを大きな枠組みのなかで追求しようというものだ。悪くはない。

「上を目指す。とはいえ、立場はあくまでもアマチュア。先に言っておくと、報酬《ほうしゅう》は出ない。出せない。でも本気だよ。こう言うのが一番早いと思うけど、高校生や大学生が全国を目指すのと同じ。遊びではない。本気のサッカー。そこは理解してほしい」

驚いた。報酬はゼロ、なのに本気のサッカー。

「僕は土日休みではないので、そこを連休にするのは難しいと思います。例えば日曜が試合だとして。その日曜は休めても、土曜までは無理かと」

「それはかまわないよ。実際、みんな忙しいから、平日の練習には人が集まらない。せいぜい三割だよ」

「でも前日の土曜は、戦術を詰めたりとか、ありますよね？」

「まあね。そこもチームでやりくりするしかないよ。それでも田口くんには来てほしい」

「僕がOBだからですか？」

「それもある。でも今はほとんど関係ないかな。去年からそこはオープンにしたんでね。理念に賛同してくれる選手なら拒《こば》まない」

「だったら、もっと若くていい選手が」

「いるだろうけどね。ウチにはベテランがいないんだ。ベテランで、なおかつ動ける選手がね。正直なとこ、OBだとあと追いがしやすくて声もかけやすいっていうのもあるんだよ。だからまずはそこから当たることになる。で、田口くんに行き着いた。ウチは今年一部への昇格を決めたけど、思った以上に苦戦したんだ。途中までは一位だったのに、二位に落ちて、どうにかそのまま逃げきった。点は多くとったけど、多くとられもした。ディフェンスがまとまらなくてね。ウチはセンターバックが弱いんだ。そのうえ、レギュラーキーパーが若い。だから後半、大事な時間帯でバタバタしちゃうとこがあるんだな。そのあたりを補いたいんだ、田口くんで」

「僕がプレーしてたのは三部ですよ。三十五分ハーフ。四十五分はもう何年もやってません。歳も三十ですよ」

「だいじょうぶ。体は戻せるよ。そこは心配してない」

「三部と二部でレベルはだいぶちがうという話ですけど」

「ちがうね。差は確かにあるよ」

「で、さらに一部ですよね？」

「対応できないことはないよ。実を言うとね、プレーを見せてもらったんだ。試合を観せてもらった。最終戦とその前。最終戦はおれが行って、その前は監督のイケウチってのが行った。やれるということで意見の一致を見たよ」

下調べはしておいたということか。まあ、そうだろう。今もプレーしているとはいえ、三十歳。ポンコツの可能性もある。

「田口くんは結婚してるんだよね。何年？」

「えーと、今、三年めですね」

「お子さんは？」

「いないです」

「奥さんも働いてるの？」

「はい。同じ店で。部署はちがいますけど。百貨店は給料が高くないので、引っぱれるうちは引っぱろうと」

「給料が高くても、そこは引っぱるべきだよ」

「まあ、そうなんですかね」

「じゃあ、奥さんには相談してもらったほうがいいね」

相談。するべきだとは思う。したら反対されるとも思う。本気のサッカーという部分を正しく理解したら、綾はまちがいなく反対する。無茶だよな、とおれ自身思うくらいだから。

だが立花さんが声をかけてくれたことはうれしい。選手として認識されていたことは、かなりうれしい。もうこれが最後だろう。この先、こんなことは二度とないだろう。おれはいずれプレーできない歳になる。いや、もうなりかけてる。できるときにやらなくていいのか。この機会を逃していいのか。この話を断って、草サッカーをやる？　余暇《よか》の楽しみとしてフットサルをやる？

「やりますよ」とおれは立花さんに言った。その場で。

反感の四月

すでに三十歳の夫が本気でサッカーをやると言いだすとは、普通、思わない。ねぇ、バカなの？　と言いたくもなる。サッカーをやること自体が悪いというんじゃない。毎晩飲み歩く夫よりはずっといい。体にもいい。ケガをされたら困るけど。

去年までは会社のサッカー部に所属していたから、ちょっとは安心感もあった。例えば試合でケガをしても補償はしてくれるだろうし、仕事面での配慮もしてくれるだろう。でも今年からはそうはいかない。サッカー部はなくなり、貢はよそのチームに入ったのだ。会社とは何の関係もないチーム、プロを目指すチームに。

貢自身がプロになる。そんな話ではない。じゃあ、何故《なぜ》やるのか。力になってほしいと言われたからやるという。大学サッカー部の先輩に誘われたのだ。

去年までも、貢は社会人リーグでプレーしていた。三部とはいえ、きちんとした東京都のリーグだ。それが今年からは、一つ飛ばして一部になる。その上の関東のリーグを目指す。でもそこで終わりじゃない。その上、さらにその上を目指すのだ。来月には三十一歳になる夫が。

貢が大学でサッカーをやってたことは知っていた。キャプテンを務めたことも知っていた。ただ、三十歳の今になって声をかけられるほどの選手だとは知らなかった。そのことを素直に喜べなかった。今さら？　との思いが先にきた。一番いやだったのは、事後報告をされたことだ。事前の相談はなかった。チームに入ることを決めたあとで、というかすでに入ったあとで、伝えられた。

事前に相談されていたとしても、まちがいなく反対した。反対は、今もしている。やめてほしいと、ことあるごとに言っている。貢は聞き流している。聞くふりをしている。最近は、わたしがその件で何か言っても返事をしないこともある。だからわたしも言わなくなる。返事をしない相手に話しかけるのは苦痛だから。

わたしが勤めるデパートにもそんな人はいた。今はいないが、昔はいた。新人のころだ。あいさつをしても返してくれない人。同性の先輩に多かった。ある日突然そうなることもあった。たぶん、どこかで何かよからぬことを聞いたのだ。ありもしないよからぬことを。

わたし自身は、先輩後輩を問わず、職場の全員にあいさつだけはするようにしている。そこはすべての基本だと思う。周りには多くの人々がいる。立場がちがう人もいるし、考え方がちがう人もいる。折り合いがよくない人は、どうしても出てくる。でもあいさつさえしておけば、どうにかなる。相手が返さなくても、自分からする。しつづける。もめる気はないのですよ、とそれだけは示す。

会社では簡単にできるのに、家庭ではなかなか難しい。身内だからこそ、かもしれない。夫と妻。二人家族。近すぎるのだ。たぶん。

その夫が、外から帰ってくる。インタホンは鳴らさない。手持ちのカギで玄関のドアを開けて、入ってくる。ウインドブレーカーの上下を着ている。走ってきたのだ。埋立地のこのみつばから、海のほうをまわり、国道の向こう、高台の四葉《よつば》まで行ったのだと思う。

おかえり、と言いそうになるが、言わない。でも。

「ただいま」と言われ、結局、言ってしまう。

「おかえり」

木曜日、午前十一時。たまたま休みが重なったので、二人とも家にいる。

十二月の繁忙期《はんぼうき》以外は、一応、週休二日。貢はサッカーの試合がある日曜とあと一日は平日、わたしはどちらも平日になることが多い。水曜は催事が立ち上がったりもするので、月、木、金あたりのどれか。月に一度ぐらいは土日に休めることもある。

店の営業時間は午前十時から午後八時。早番遅番のシフト勤務なので、行きも帰りも重ならない。シフトが同じときでも、貢はわたしより早く出る。帰りも、退店時刻はちがうから、わざわざ待ち合わせたりはしない。外で食べて帰ろうか、となることもたまにはあるが、ここ最近はない。ここ最近。貢が今のチームに入ってから。

貢は一人、和室で整理体操のようなことをする。３ＤＫ。その間取りだと今は和室がないところもあるが、貢は和室をほしがった。畳《たたみ》だと腹筋運動やストレッチがやりやすいからだという。板張りの床で腹筋運動をやるとお尻の上のあたりの皮が擦《す》りむけてしまうのだそうだ。そんな理由で和室？　と思ったが、反対するほどのことでもないので、賛成した。今はちょっと苦々しい。

姿が見える入口のところまでは行かず、居間から貢に言う。

「お昼、どうする？」

「何でもいいよ。またチャーハンでもいいし」

またというのに、ややカチンとくる。いつのチャーハンに対してのまたなのか。前に貢と休みが重なった日からはもう二週間経《た》つ。そのときも、確かにあり合わせのものでチャーハンにしたけど。

今度はちょっと意地悪な気持ちで尋ねる。

「そんなのばっかり食べてていいの？」

プロを目指すサッカー選手なのにいいの？　という皮肉を込めたつもりだ。

「おれはもういいんだよ」との答が返ってくる。

もう三十だからいい、ということだろう。

貢はいつもそんな感じだ。食べものにはこだわらない。ラーメンもカレーも食べる。ハンバーガーもピザも食べる。ランニングの途中で四葉のハートマートに寄り、割引のシールが貼られたパンやおにぎりを買ってくることもある。

お酒も飲む。家ではほとんど飲まないが、たまには飲みに行く。行ったときは結構飲む。タバコは吸わない。吸ってみたことはあるそうだ。でもそのせいで持久力がなくなったように感じたので、すぐにやめたという。高校生のころの話だ。アスリートがどうこうじゃない。ダメじゃん、タバコ吸ったら。

タバコは吸わないし、ギャンブルもやらない。その意味ではいい夫だと思う。そのうえ、さすがにアスリート。腹筋はポコポコに割れている。太腿《ふともも》とふくらはぎの筋肉もすごい。腿は全体的に厚く、ふくらはぎはこんもりと盛り上がっている。身長は百八十センチ。それでも、センターバックとかいう貢のポジションでは特に大きいことはないそうだ。

わたしは百六十センチなので、二十センチちがう。厳密には二十一センチ。というのも、百六十は自称、本当は百五十九センチなのだ。サバを読んでるつもりはない。あくまでも四捨五入をしてるだけ。カップルがハグをするときの理想の身長差が二十センチだと聞いてから、何となくそう言ってる。もうあまりハグはしないけど。

まあ、そんなことは抜きにしても、貢の体形はちょっと誇らしい。友だちのダンナさんのなかには、すでにお腹《なか》がポッコリ出ている人や逆にガリガリの人もいるから。ただ、腹筋がどうとか太腿やふくらはぎがどうとかいうのは、夫としてプラスアルファでしかない。主たる長所ではない。三十にもなって本気でサッカーをやると言いだすのは、主たる短所かもしれない。そのことを妻に相談しないというのは、まちがいなく、主たる短所だ。

それを自覚しているからなのか、貢は今もこんなことを言ってくる。

「掃除機、かけちゃうよ」そしてとってつけたように続ける。「そういえば、髪切った？」

「切った」

「似合うよ」

似合わない。わたしはいつもミディアムのレイヤーボブにしているが、今回は前髪を切りすぎた。切られすぎた。ほんの数ミリのことだが、この二日、気になってしかたがない。こんなふうに失敗したときに限って、貢は気づくのだ。それもまた腹立たしい。

ありがと、を言おうか迷ってるうちに、貢は掃除機をかけ始める。ウィ〜ンという音が和室から聞こえてくる。

掃除や洗濯は、わたしと貢、どちらか休みのほうがすることになっている。わたしだけが休みの日はわたしがやり、貢だけが休みの日は貢がやる。今日みたいに両方が休みのときはわたしがやる。やってくれと言われるわけではないが、まあ、やる。でもこのところ、両方が休みの日でも、こうして貢がやるようになった。自ら進んでやるのだ。わたしは何も言わない。やるからいいよ、とは言わないし、やってよ、とも言わない。貢の好きにさせておく。

本音を言えば、特にやってほしくもない。やらないで、とまでは言わないが、期待はしない。何故って、きれいにすることではなく、終わらせること自体が目的の、男の掃除だから。肝心の汚い箇所には手をつけない。窓の桟《さん》とか家具の隙間《すきま》とか、そういうところには意識が向かない。目に見えるところ、すでにきれいなところを、なぞる。やったとの満足感を得るためだけの無駄な作業。フロ掃除でもトイレ掃除でもそれは同じだ。だから期待しない。できない。

とはいえ、やろうとするその気持ちを無下《むげ》にはしたくないので、止めはしない。黙っている。やるならちゃんとやってよ、と言うのが一番ダメなことだ。そのくらいは知っている。

結婚歴十年、今三十九歳の販売員、宮地《みやじ》清美《きよみ》さんが言っていた。結局ね、ほっとくしかないのよ。ほっといて、最後に軽くほめてやればいいの。ありがとう、たすかったって。ありがとうだけじゃダメ。たすかったたって言葉に男は弱い。

清美さんも、結婚五年めあたりでやっと気づいたのだそうだ。その手の無駄なやりとりも夫婦には必要なのだと。そしてこうも言った。ほんと、バカげてるけどね、でもそれでうまくまわるならそのほうがいいじゃない。無駄な家事を自由にやらせたところで、家が傷《いた》んだりはしないんだから。

清美さんのダンナさんが聞いたら怒るだろうなぁ、と思いつつ、笑った。わたしはまだその域には行けない。結婚するときに二人でやろうと決めた家事をやってるだけなのだから、ほめるのもおかしい。だからといってほめたくないこともないが、今はほめられない。たぶん、今は貢が何をしてもほめられない。

貢とは、どちらもが二十八歳のときに結婚した。知り合ったのはそれよりずっと前だ。貢が入社一年めのころ。高校を卒業して入ったわたしはすでに五年めだった。よく言えば仕事に慣れていたし、悪く言えば単調な毎日に飽《あ》きていた。

毎年、新入社員のことは大きな話題になる。どの大学を出たか、どの売場に配属されたか。生々しいところで言えば、誰が一番カッコいいか、誰が一番手が早そうか。貢の代は自分と同い歳が多いので、いつもよりは気になった。貢の評価は悪くなかった。大学はいいところを出ていたし、配属も婦人服部。会社からの期待も高いことがうかがえた。

話したこともないわたしに、通路でのすれちがいざま、おつかれさまです、とあいさつをしてきたのには驚いた。あとでそのことを言ったら、貢はまったく覚えていなかった。顔を見たことがある人全員にあいさつをすることにしていたのだという。悪くないな、と思った。わたしも自分からあいさつをするから。さすがに、顔を見たことがある人全員にはしないけど。

しばらくは、店内のどこかで会えばあいさつをする、というだけの関係が続いた。貢はいつもワイシャツ姿で従業員用通路を走りまわっていた。ガムテープの丸い芯の部分を腕にはめたりもしていた。それがサッカー選手のキャプテンマークみたいで何だかおかしかった。

二十六歳のとき、同期の椎名《しいな》すずに飲み会に誘われた。合コンと言うほどでもない、二対二の飲み会。当時は外商部にいた若松俊平にすずが声をかけ、では二対二で飲みに行きましょう、となったのだ。

すずが誘ったのがわたしで、俊平が誘ったのが貢だった。正直、すずと二対二はキツいな、と思った。すずはエレベーター係。いわゆるエレベーターガールなのだ。どう考えても、わたしが引き立て役になる。でもすずとは気が合ったので、二対二ならむしろいいかな、とも思った。すでに二十六歳。そうした飲み会や合コンにはあまり行かないようになっていた。声がかからなくもなっていた。二十四、五のあたりで、本当にパタリと声はかからなくなるのだ。

ただ飲んでおしゃべりをするつもりでいた。実際、そんな感じになった。場所は銀座の沖縄料理屋。三線《さんしん》とかいう楽器が奏でる沖縄の音楽がゆったりと流れていた。初めて貢ときちんと話をした。紳士服部と婦人服部。接点はあまりない。

「滝本《たきもと》さんだったんですね」と貢は言った。「あいさつはしてたけど、初めて知りました。僕は田口です」

「知ってますよ」とわたしは言った。「田口さんは有名だから」

「有名、ですか？」

「有名です。いつも裏の通路を走りまわってる田口さん。マグロみたいに、止まったら死んじゃうんじゃないかって噂《うわさ》です」

「そんな噂が？」

「わたしが考えました。でもだいじょうぶ。どこにも流してません」

「じゃあ、今度からは止まりますよ。止まってあいさつします。でもだいじょうぶ。死にません」

楽しい飲み会になった。充分楽しめたからそれでいい。そう思っていた。

翌々日に、貢からメールが来た。さすがにアドレスの交換ぐらいはしていたのだ。

〈おとといは楽しかったです。また行きましょう〉

こう返した。

〈わたしも楽しかったです。ぜひ〉

すぐに次が来た。

〈電話番号を教えてもらってもいいですか？〉

そのあとに貢自身の番号が記されていた。

わたしは自分の番号を送り返した。

今度はすぐに電話が来た。すぐもすぐだ。

「すいません。教えてくれてよかったです。善は急げと思って、かけちゃいました。いや、善て言うのもおかしいですけど。まあ、僕にとっての善てことで。で、どうですか？　ほんとに飲みに行きませんか？」

「二人で、ですか？」

「はい」

「本気ですか？」とつい訊いてしまった。

「本気ですよ。楽しかったんで、また話したいと思いました。ダメですか？」

「ダメではないですけど」

「おとといは、サッカー部の試合とか練習であまり時間がつくれないと言いましたけど、その気になれば、どうにかつくれるんですよ。時間」

体育会系の人なんだな、と思った。こうと決めたら突進する。でもいやな感じはしなかった。わたしが電話番号を教えなかったらその時点で潔《いさぎよ》く引いていただろう。そんなふうにも思えたから。

一週間後に、二人で飲みに行った。貢が気に入ったと言うので、店はまたあの沖縄料理屋にした。その日は二軒めにも行った。バー『穴蔵《あなぐら》』。銀座の端《はし》、一丁目。地下にある落ちついた店だ。

「こんな店も知ってるんですね」とわたしは言った。

「知ってる二軒のうちの一軒です。歩いてて、たまたま見つけました。この穴は何だと思って階段を下りてみたんですよね。そしたらバーでした。初めて、一人で入って飲みました。すごく感じがよかったんで、ここぞというときに来ようと決めました」

「今、ここぞですか？」と尋ねた。

「ここぞですよ」と答がきた。「ここぞもここぞです。サッカーで言うと、まさにヘディングシュートを打とうとしてる感じです」

そんなふうにして、貢との交際は始まった。試合を観に来てほしいというようなことを、貢は言わなかった。わたし自身も、行くとは言わなかった。土日はまず休めないから、行きようもないのだ。それでも、一、二度は、試合の日に休めることもあった。行こうかな、と言ってみたが、無理に来なくていいよ、と言われたので、やはり行かなかった。試合はごく普通のグラウンドで行われるらしい。特に観客席などはない。だから来ても居場所がないんだ、と貢は言った。一人で長くは観てられないと思うよ。外だから陽射《ひざ》しも強いし。

　二年の交際を経て、わたしたちは結婚した。結婚生活自体が、何となく始まった感じだった。いや、何となくはひどい。当たり前に始まった、と言うべきか。お互い好きなんだから結婚するでしょ。同じ会社で働いてて二年も付き合ってるんだから結婚するでしょ。そんな具合だった。

　結婚式も披露宴も、大げさにはしなかった。繁忙期を避けて、十一月。呼ぶ人も少なめにした。わたしと貢が同じ会社に勤めてるからこそ、そうできた。ともに呼ぶのは上司何人同僚何人と、初めから決めてしまったのだ。そうすれば、あの人もこの人も、とならない。

　こぢんまりした披露宴だったが、主賓《しゅひん》として水越《みずこし》専務が来てくれた。総務部長時代に貢の入社最終面接に立ち会ったのがその水越専務だ。貢が結婚すると聞き、じゃあ、行こうか、と自ら言ってくれたらしい。貢は案外買われてるんだな、と密《ひそ》かに感心した。

　主賓あいさつは、仕事の話よりサッカーの話のほうが多かった。

「田口くんがいなければ、サッカー部は一番下のリーグ四部にまで落ちていたかもしれません。その意味で田口くんは我が社の救世主となってくれました。できればその力で、二部一部とチームを引き上げてほしいです。田口くんならやれると思います」

でもそのサッカー部は、去年、解散した。そんな話はもう何年も前から出ていたらしい。それはそうだろう。社員たちでさえ、活動していたことをほとんど知らないのだし。

主賓あいさつはこう続いた。

「一昔前の百貨店では、ほとんどの女性社員が結婚を機に退職していました。いわゆる寿《ことぶき》退社ですね。むしろそうすることが当たり前という風潮さえありました。しかしもうそんな時代ではありません。結婚後も女性には大いに活躍していただきたいです。百貨店に来られるお客さまとは誰なのか。多いのはやはり既婚女性です。その既婚女性の目線こそが、働く側にも必要です。綾さん。貢くんを支えるだけでなく、どうか我が社も支えてください。貢くんと二人、夫婦で我が社を守《も》り立ててください。よろしくお願いします」

プレッシャーだなぁ、と思った。既婚女性の目線とか女性の社会進出とか、そんなことを考えていたわけではないのだ。お金を稼《かせ》げるうちは二人で稼いでおいたほうがいいからそうするだけ。何ならほかの仕事でもよかった。事実、みつばに近いところで何か探してみようかと一度は考えたくらいだ。

確かに、一昔前のデパートは寿退社が多かったと聞く。わたしが入社したときは、もうそんな感じではなかった。就職もデパート自体も冬の時代。高卒女子の採用があったのも、わたしの年が最後だ。

試しに入社試験を受けてみたら、受かった。喜んで、入った。同期にはかわいい子が多かった。特にかわいかった椎名すずはエレベーター係になった。そうなるんだな、と思った。わたしレベルじゃ無理だったか、ともちょっと思った。三年前、売場に異動になったのを機に、すずは会社をやめてしまったけど。

女子社員は各フロアのレジを担当することが多かった。販売は各メーカーから派遣された販売員さんたちにまかせることができるが、さすがに現金の管理までまかせるわけにはいかない。レジには常に正社員を置く必要があった。

大卒の総合職でなければ、大きな仕事をまかされることはない。だからと言うのも何だが、結婚を機にわたしが会社をやめるものと、たぶん、誰もが思っていた。わたし自身は、やめるのは子どもができたときでいいと思っていた。そう言うと、貢も賛成した。そうだな。そのほうがいい。ウチは給料が安いから。

すぐには子どもをつくらない。そこだけは二人で決めていた。もしできたら産む。でも積極的につくりにはいかない。わたしとしては、少なくとも結婚後二年は働くつもりでいた。その二年分のお給料を出産やらその後の何やらにつかいたかった。それまでとにかく無駄な出費は避けようと、このみつば南団地に住むことにした。D棟の五〇一号室。わたしが見つけ、申し込んだ。

ドア・トゥ・ドアで、店まで一時間十分。東京湾とはいえ海に近く、いい場所ではあるのだが、駅まで二十分歩く。アスリートの貢は何でもないと言うが、スポーツ歴ゼロのわたしはちょっとツラい。でも駅前の駐輪場が有料だとわかり、歩くことにした。二年が過ぎて、少しは慣れた。二年前よりは体も少し軽くなった。

そしてわたしも三十歳。八月には三十一歳。結婚してすぐには子どもをつくらない。でもそろそろ検討するべきだろう。これ以上先延ばしにする理由は見当たらない。

そう思っていたところで、こんなことになった。貢が本気のサッカーを始めた。わたしに相談もせずに始めてしまった。もうシーズンは始まっている。去年まではリーグ三部だったが、今年は一部。力の差がどのくらいあるのかは知らない。聞いてない。興味を持ってるととられたくないから。ただ、差はあるのだろうな、と思う。貢の真剣度がちがうのだ。去年までも真剣は真剣だった。が、まだどこか余裕があった。楽しんでいる感じがあった。今年はそれがない。たぶん、ランニングの距離も伸びた。回数も増えた。絞《しぼ》れていた体がさらに絞れた。

和室の掃除を終えた貢が居間に出てくる。掃除機を床に置き、コンセントにプラグを差す。わたしはソファから立ち上がる。邪魔にならないよう壁に寄る。貢が掃除を始める。止《や》んでいたウィ～ンという音が再度鳴る。わたしの目があるからか、貢は思いのほか丁寧に掃除機をかける。一度だけではない。きちんと二度がけする。足でくずかごをどけたりもしない。きちんと手をつかう。

わたしはその背中に言う。

「ねぇ」

掃除機をかけている当人。わたしに話しかけられると思ってもいない。さすがに聞きとれなかったらしい。もう少し大きな声で言う。

「ねぇ」

掃除を続けながら、貢がわたしを見る。わたしも貢を見ていたことで、空耳ではなかったのだと気づく。掃除機のスイッチをオフにして、言う。

「ん？」

「一年だけにしてね」

「何？」

「サッカー。この一年だけにしてね」

「あぁ」

了解、の、あぁ、ではない。そういう意味か、の、あぁ、だ。ここ数ヵ月、居間に何度も流れたいやな空気が、今もまた流れる。

貢が掃除機のスイッチをオンにする。ウィ～ン。今度はうるさいと感じる。ごみなど落ちてないきれいな床が、さらにきれいにされる。無駄な労力がつかわれる。やはりわたしはほめられない。ありがとう、たすかった。とは言えない。

貢の耳に届くかわからない。でも言う。

「わたしも好きにするから」


社食でランチを食べている。わたしは制服組なので、外で食べることはない。制服組でないとしても、そうすることはないだろう。銀座は高いお店が多いから。

入社したてのころは、よく同期と一緒に食べた。休憩時間が同じになる子と社食で待ち合わせたりもした。もう十三年め。同期そのものがほとんどいないこともあって、今は一人で食べることが多い。それが苦にならない。仲がいい販売員さんの誰か、例えば宮地清美さんなんかと時間が合ったときは同席することもある。でもわざわざ誘ったりはしない。

たまには貢と一緒になることもある。どちらもが一人のときは同席する。しなきゃおかしい。それぞれが一人で食べていたら、仲悪いのか？　とかんぐられる。それは避けたい。外れてはいないだけに、避けたい。

何にせよ、ランチは一人でいい。そのほうが落ちつく。最近は、休みの日に友だちと会うこともなくなった。歳をとったからなのか結婚したからなのか、それはよくわからない。あの店に行きたい、この店に行きたい。その手の欲も、スーッと消えた。本来甘いはずのスイーツを甘すぎなくておいしいとほめ、本来甘くないはずの野菜を甘くておいしいとほめる。そういうのはもういい。

味の面ではわたしが僅差《きんさ》で勝利できそうな社食のチキントマト煮定食を食べ終え、食器を戻して、休憩所に移った。私物入れに指定されている透明なビニールバッグから歯みがきセットを取りだして、歯をみがく。

この歯みがきとそのあとのメイク直しがあるから、お昼の休憩はあわただしい。すぐに終わってしまう。新人のころはキツかった。ほとんど教祖さまクラスのお局《つぼね》さまがいて、戻りが一分でも遅れることは許されなかった。一分前でもアウト、という雰囲気があった。だから五分前には売場に戻るようにしていた。で、わたしが早く戻ったその五分は、お局さま自身がつかうのだ。

今の自分も歳下の子から見ればお局さまなのかな、と思う。休憩時間はきちんと守るが、一分単位まで意識はしない。むしろ若い子のほうが、平気で五分遅れたりする。例えば同じ売場の奈良恵梨佳《ならえりか》は、入社二年めにして、従業員用エレベーターが遅れたんです、とナゾの言い訳をする。休憩所は四階で売場は五階なのに、する。そういうのが続くと、わたしもやんわり注意する。え〜、時間を計ってたんですかぁ？と言われる。めんどくさいので、計ってたのよ、と言ってしまう。これからもガシガシ計るから、時間は守ってね。

今日は人員に余裕があるので、午後からは売場に出る。ジャケットとパンツのコーナーだ。単品のジャケットにパンツ。スーツとちがい、自分の好みで組み合わせる類。特定の販売員を置いてないため、社員はここに立つことが多い。

新しいものは入ってたっけ、とパンツを見る。無地もあれば柄ものもある。これはどんなジャケットと合うだろう、と考えるとき、モデルはやはり貢になる。想像しやすいのだ。実際、貢のものはいつもここで買う。

食べもの同様、貢は服にもこだわらない。綾が選んだものはたいてい気に入るからそれでいいよ、なんて言う。買うときはここに呼ぶ。わたしがジャケットやパンツの現物を見せる。これはちょっと、と言われることはまずない。いいね、と貢は言う。あまりにもすぐ言うので、張り合いがない。わたしがそう言うと、いや、綾が選ぶものはほんとにいいからさ、と言う。そこで止めておけばいいのに、まあ、基本、変なものでなきゃ何でもいいんだけど、とも言ってしまう。

「すみません」と背後から声をかけられる。

「はい」とあわてて振り返る。

二十代後半ぐらいの男性がすぐ前にいる。スーツ姿。色白で細身。髪はごく自然なツーブロック。

「あの、先週こちらでパンツを買った者ですけど」

言われてすぐに思いだす。顔に見覚えがあるのはそのためだ。お名前は、そう、天野《あまの》さん。

「あ、はい。あのときはありがとうございました」

先週、天野さんが来てくれたとき、この辺りには販売員がいなかった。声をかけられた宮地清美さんが、レジにいたわたしを呼びに来た。清美さん自身、接客中だったため、試着をしてもらっている間に駆けつけたのだ。

事務所で仕事をしていた柴山頼子《しばやまよりこ》マネージャーにレジ番を頼み、わたしは急いでこのジャケットとパンツのコーナーに向かった。そしてしばらくお相手をした末にパンツを買ってもらえることになり、裾上げのための採寸をした。確か、お直し後の配送の手続きをとったはずだ。

「これ、裾上げをしてもらって、家に届いたんですけど。穿《は》いてみたら、ちょっと」

「何かございましたか？」

「丈が短いんですよね、かなり」

天野さんは紙袋からそのパンツを取りだした。やはり見覚えがある、細かなチェック柄のパンツだ。色はライトグレー。

「穿いてみたほうがいいですよね？」

「お願いします」

すぐ近くの試着室に案内し、靴を脱いで入ってもらう。二つあるうちの一つ。前回と同じ右側だ。

「失礼します」と静かにカーテンを閉じる。

マズいな、と思う。やっちゃったか、と。新人のころとちがい、ここ何年かは、やっちゃうこともなくなっていた。年二回の紳士服の大催事のときは、期間中ずっと八階催事場に立つ。そのときはもう殺人的な忙しさになる。採寸採寸また採寸。ランチのあとにまた採寸。でも一つ一つの仕事はその場でしっかりやるから、まちがえたりはしない。

一分ほどの沈黙のあと、カーテンがなかから開けられた。

「穿きました」

「おつかれさまです」

足もとに屈み、パンツの裾を見る。驚いた。というよりも、呆《あき》れた。明らかに短い。黒の靴下に覆《おお》われたくるぶしが出ている。通常より十センチは短いだろう。採寸ミス。もしくは裾上げミス。どちらにしても、店の責任だ。

「あぁ、ほんとですね。申し訳ありません」

屈んだまま、視線を上げる。天野さんの顔を見る。内心こわごわと。

「やっぱりそうですよね」

「はい」

声音に怒りは感じられない。表情も同じ。

「家で穿いてみて、あれっと思ったんですよ。腹話術の人形じゃんて」

予想外に出てきたその言葉に、つい笑う。顔を下に向けてごまかす。腹話術の人形、まさにそれ。

「これで帽子をかぶってステッキを持ったらチャップリンですよね。逆にカッコいいと思おうともしたんですけど。さすがに無理でした」

「わたしが計りまちがえたのだと思います。本当に申し訳ありません」

「いえ、それはいいんですよ。ただ、どうするべきかわからなかったので、とりあえず見てもらおうと」

「すみません。わざわざお越しいただいて」

こんなとき、怒りの電話をかけてくるお客さまもいる。ここまでのミスだと、むしろそれが普通かもしれない。怒りが収まらないお客さまのもとへは、役づきの社員が出向く。この場合なら、柴山さんだろう。

「それもだいじょうぶです。会社から近いんで、仕事の合間に歩いてきました。そうできるんだから、初めから自分で取りに来ればよかったですね。で、一応、レシートは持ってきたんですけど」

「ありがとうございます」

「これ、結構気に入っちゃったんですよね」

「そう、ですよね。いい柄ですもんね」

「また直してもらうことはできますか？」

「ちょっとすみません。失礼します」

裾の内側をめくってみた。生地の余裕はない。さすがに十センチ近く戻すのは無理だろう。すでに直した箇所に折り目がついてもいる。

「これをまた直すのは難しそうなので、至急、メーカーに当たってみます。ウェストサイズは同じでだいじょうぶですか？」

「えーと、七十三でだいじょうぶです」

「ではお脱ぎいただいて」

再びカーテンを静かに閉める。なかに声をかける。

「今のうちにお直し伝票を持って参りますね」

「はい」

「失礼ですが。お名前は、天野さまですよね？」

「そうです。よく覚えてましたね」

「わたしが採寸させていただきましたので」

とはいえ、採寸したのは何日も前。プロパー商品だから思いだせた。催事商品なら無理だったろう。何せ、数が多すぎる。

「ではすぐに行って参ります」

ほかのお客さまのご迷惑にならないよう急ぎ足で通路を歩き、レジカウンターに戻った。

お直し伝票は、プロパーのものと催事のものとに分けている。日付順に綴《と》じてある。さかのぼっていくと、簡単に見つかった。

天野亮介《りょうすけ》様。日付は五日前の土曜。扱い者はわたし。田口。股下は七十センチになっている。確かにわたしの字だ。70と書かれている。お直し業者さんの見まちがいではない。わたし自身がはっきり70と書いている。入社後の研修で、そのあたりはきちんと指導されるのだ。いかにも女子といった文字を書かないように。特に数字については厳しく言われる。電話番号、住所の番地、各種カードの番号。それらの書きまちがいが致命的な事故につながることもあるから。

前に柴山さんも言っていた。綾さんのころはもうちがうだろうけど、わたしの時代はまだ女子の丸文字が残ってたからね、直すのは大変だったわよ。努力してせっかくかわいい丸文字を書けるようになったのに、泣く泣くそれをもとに戻した。懐かしいわね。

80と書くつもりで70と書いてしまったのだろう。わたしはそう推測する。メジャーでの計りまちがいではないはずだ。万が一そこでまちがえたとしても、そのあとお客さまに口頭で確認する。股下は八十センチでよろしいですか？　現場で応対しているのだから、その確認を省くことはない。それは断言できる。自身の股下丈を記憶しているお客さまは少ない。でも普段は八十センチ前後の人が股下七十と言われたら、それは気づくだろう。気づき、指摘してくれるだろう。

伝票を手に、またしても急ぎ足でジャケットとパンツのコーナーへ戻る。試着室のカーテンは開いていた。すでに靴を履《は》いた天野亮介さんが、二つ折りにしたパンツを手に立っている。

「すみません。お待たせしました」

「こっちこそ、何かすいません、お手数をかけちゃって」

「いえいえ、そんな」伝票を見せて、言う。「やはりわたしが記入ミスをしてしまったようです。おそらくは、八十を七十と。本当に申し訳ありません」

「いえ、いいですよ」

パンツを受けとり、内側に縫《ぬ》いつけられたタグを見る。ウェストは確かに七十三。大手メーカーのものだ。ここならどうにか、と期待する。

「メーカーに電話をかけて、同じ商品のストックがあるか確認します。お時間はだいじょうぶですか？」

「だいじょうぶです。今日は余裕です」

「ありがとうございます。ではすぐに」

再びレジカウンターへ戻り、メーカーさんに電話をかけた。いつもの営業さんにでなく、会社にだ。事情を手短に説明し、品番を伝えた。一秒でも急いでもらうべく、その場で待つ。さすがは大手メーカー。在庫管理は完璧だった。

「あります」とわずか二分で返事が来た。

「あぁ、よかった。すみません、急《せ》かしてしまって」

「いえ。明日、午前のうちに担当に持たせますよ」

「たすかります。ありがとうございます」

電話を切ると、わたしは最上級の急ぎ足でジャケットとパンツのコーナーへ戻った。あれ、いない、と思ったら、天野さんは試着室から少し離れたところでほかのパンツを見ていた。そちらへ寄っていく。

「お待たせしました。よかったです。ありました」

「ほんとですか？　僕もよかったです」

「明日のお昼までにはこちらに届く予定です」

「そんなに早く。じゃあ、えーと、僕はどうしたらいいでしょう？」

「大変申し訳ないのですが、もう一度ご来店いただくことは可能ですか？」

「それはだいじょうぶですけど」

「念のため、あらためて採寸させていただきたいので」

「あぁ、なるほど。もしあれなら、届き次第、股下八十センチで直しちゃってもいいですよ。僕も、八十と言われたような記憶があるんで」

「でも、万が一またご迷惑をおかけしてしまうとあれですし」

その可能性はゼロではない。八十だって、確かな数字とは言えないのだ。

「わかりました。明日来られるかは微妙ですけど、月曜か火曜には来ますよ」

「ありがとうございます」

「そのときは、えーと、向こうのレジのほうに行けばいいですか？」

「お願いします。天野さまでわかるようにしておきますので。わたしがいれば、もちろんわたし自身が対応させていただきますし。ではお待ちしております。お手数をおかけして、大変申し訳ありません」

「いえいえ。すっきり片づいてよかったです。じゃあ、これで」

天野さんが去っていく。その後ろ姿を見送った。

たすかった、と思う一方で、ショックでもあった。急に呼ばれて出ていったとはいえ、もう何百回、いや、何千回とやってきたパンツの採寸。しかもあの日は一度だけ。そこでミスをするとは。ちょっと気持ちが不安定なのかもしれない。貢にチーム加入の話を聞かされる前までとは、どこかがちがうのかもしれない。

それから、裏にあるお直し業者さんの作業場へ行き、事情を話して、天野さまのパンツが持ちこまれたら最優先で仕上げてくれるようお願いした。業者さんといっても、わたしの母親世代のおばさんたちが多いので、お菓子を差し入れるのも忘れなかった。和洋折衷《わようせっちゅう》のお菓子。地下の食品売場で買った、モンブラン大福。それを十個。値は張ったがしかたない。自分のせいなのだから、そのくらいのことはするべきだろう。

そして閉店間際の午後八時前。レジ締めの準備にかかっていたわたしのもとへ、麻《ま》衣子《いこ》さんがやってきた。

手塚《てづか》麻衣子さん。わたしより二つ上の三十二歳。五歳児の母だ。同じく高卒で、結婚時に退職はしなかった。出産時も産休と短い育休をとっただけですぐに復帰した。その意味では、わたしが将来の手本とすべき人だ。同じ紳士服部だが、わたしは主にカジュアルウェア、麻衣子さんは主にスーツコートを見ている。

「綾さん、お直しに急ぎのお願いをしたんだって?」

「はい」

「そういうの、ちゃんと報告して」

「あぁ。すみません」

「スーツのほうでも急ぎが出るかもしれないから、かち合っても困らないように、そこは言っといてもらわないと」

「はい」

忙しい催事期間中ならともかく、今はまったく問題ないはずだ。たぶん、事前にお願いしておく必要すらない。いきなりの、これ急ぎでお願いします、でも充分対応できるだろう。麻衣子さんもそれはわかっている。わかっているのに言ってくるのが麻衣子さんだ。

実はわたしも、あえて言わなかった。麻衣子さんは、自分のミスを進んで明かしたくなる相手ではない。バレない可能性もあると思っていたが、やはりバレた。作業場のおばさんたちがポロリと言ってしまったのかもしれない。

「それとは別に、気をつけてね。社員がそんなだと販売員さんにも示しがつかないから」

採寸ミスそのもののことだろう。それに関しては、謝るしかない。

「すみません」

「そういうことが続くと、わたしたちが軽く見られちゃうからさ」

わたしたち、というその言葉を麻衣子さんはよくつかう。初めは気づかなかった。女子社員、のことだと思っていた。が、あるときふと気づいた。高卒女子社員のことなのだと。だからいつもわたしと麻衣子さんが、わたしたち、になる。わたし自身にそんな意識はなかったので、ちょっと驚いた。いや、意識がまったくないことはない。大卒と高卒では扱いもちがうし、お給料もちがう。そもそも総合職と一般職で採用の枠がちがうのだからそれはそうだろう、と思っていた。でもみんながそう思うのではないらしい。

「とにかく、これからはきちんと報告してね」

「します」と素直に言った。

報告するとしても柴山さんにですけど、とは言わなかった。そんなことを言ってしまう女子社員もいる。奈良恵梨佳なら言うだろう。綾さんわたしほんと麻衣子さん苦手ですよぉ、といつも言ってるくらいだから。でもわたしは言わない。こんなときは、心のなかでぺろりと舌を出しておけばいいのだ。それが、この会社でわたしが学んだことの一つ。これまでいったい何度舌を出してきただろう。二十代半ばのころは、舌、フル稼働《かどう》、ということもあった。

最近はもうそんなこともなくなっていたのだが。

三十路《みそじ》でのぺろりは、逆にこたえることがわかった。

奔走の五月

届く、と思ったボールに届かない。頭を越され、ひやっとする。あわてて走る。相手フォワードの背中を追う。

幸い、もう一人のセンターバック相原拓斗《あいはらたくと》がまわりこみ、ゴールラインの外にボールを蹴り出してくれた。セーフティファースト。だが相手にはコーナーキックを与えることになる。

リーグ一部には、まだ慣れない。触れると思ったボールに触れない。出だしの一歩が遅れる。そんなことが多い。三部とのレベル差はかなりある。うまい大学生と普通の高校生、ぐらいの差はある。対応できないことにもどかしさを覚える。やれないはずがない。そんな思いばかりが先走る。

体はどうにか戻した。が、試合をやってみてわかった。やはり走れない。肝心なときに足が動かないのはマズいので、初めから抑え気味になる。

「ラスト十！　前半ゼロ！」との声がベンチの監督からかかる。

池内利正《としまさ》さん。大学の先輩だ。おれより七歳上。プロ経験はないが、アマチュアのトップ、ＪＦＬでプレーをしたことがある。

指示の内容は、前半は残り十分、点はとられるなよ、ということだ。正しい指示だと思う。無理に点をとりにいくべきではない。カウンターを食い、〇対一で前半終了。そうなることは避けたい。

「まず守備！」

これはおれら守備陣にというよりは、攻撃陣に出た指示だ。フォワードも攻撃的ミッドフィルダーも守備を意識しろ、という意味。前線からの守備。チーム全体での守備。サッカーの戦術は時代とともに変わるが、そこはもう変わらないと思う。この先も、フォワードは守備をしなくていい、にはならないはずだ。

フォワードにも守備が求められるように、ディフェンダーにも攻撃参加が求められる。おれらセンターバックの場合は、ビルドアップ能力が必要とされる。ディフェンダーから攻撃を組み立てていく。後方から押し上げていく。おれ自身は、得点を求められてもいる。試合の終盤、どうしても得点がほしいとき。おれはセットプレーの際に前線に上がり、キッカーのターゲットになる。つまり、ヘディングでゴールを狙う。それこそ田中マルクス闘莉王のように。

彼ほどではないが、おれもそこそこ点をとる。言ったように、去年はチームの得点王だった。さほど勝ち負けにはこだわらないチームだったから、思いきったプレーができたのだ。今はそうはいかない。守備で精一杯。攻める余裕はない。上がっても、あとの守備のことばかり考えてしまう。

前半ゼロ。まず守備。チームはその指示どおりに動き、前半を〇対〇で終えることができた。ハーフタイムに監督は言った。

「後半は仕掛けるぞ。立ち上がりに一点とろう。とれば向こうはあせるから。力はウチが上だ。引き分けはなしな。勝ちにいこう」

後半。立ち上がりに点はとれなかった。とれそうでとれない。いやな流れになった。フォワード梅津新哉《うめづしんや》のヘディングシュートはクロスバーに当たり、攻撃的ミッドフィルダー高岡明朗《たかおかあきろう》のミドルシュートは相手キーパーのセーブに阻《はば》まれた。

そして後半三十分。食ってはいけないカウンターを食った。前がかりになったところで、攻撃的ミッドフィルダー片桐司《かたぎりつかさ》がボランチの南部至《なんぶいたる》に出した横パスをカットされ、一気に攻守が入れ替わった。

対応できる自信はあった。が、詰めに行った右サイドバックの浜智彦《はまともひこ》がかわされたことで、目論見《もくろみ》が外れた。走りこんできた相手ミッドフィルダーにパスを出される。拓斗が懸命に追い、ペナルティエリアに入ったところでタックルにいった。相手は大げさに声を上げて倒れ、主審の笛が鳴った。ＰＫだ。ボールに行ってはいたが、足はかかっていた。拓斗にイエローカードが出された。

失点を覚悟した。が、キーパーの大谷潤《おおたにじゅん》がPKを止めた。こぼれ球は見事にコースを読み、自身の左に来た速いボールを左手一本ではじいたのだ。おれがすかさずクリアした。そして潤に、オーケー、ナイスキー！　と声をかけた。

潤は今年二十四歳と若く、身体能力が高い。おれがこれまで見てきたキーパーでも、一、二を争うかもしれない。ただし、ムラがある。ノっているときはスーパーセーブを連発するが、とられるときはあっさりとられる。

そのPK阻止で、ウチに勢いがついた。が、ワンプレーで流れが変わるのもサッカーだし、変わらないのもサッカーだ。どんなに攻めていても、ボールを奪われた十秒後に点をとられることもある。今日のウチが、まさにそうなった。

食ってはいけないカウンターをまた食った。同じミスをくり返した。上がった左サイドバックの魚住伸樹《うおずみのぶき》がフォワードの有村圭翔《ありむらけいしょう》にパスを出し、圭翔が一度伸樹に返したところを狙われた。相手ボランチは奪ったボールを素早く前線に送った。長い縦パス一本。それがフォワードに通った。

おれとフォワード。一対一になった。そのフォワードに技術があることは、そこまでの時間でわかっていた。強さはない。巧《うま》いタイプだ。負けるとは思わなかった。のに、負けた。フェイントには引っかからなかったが、まさに、触れると思ったボールに触れなかった。スピードに遅れをとり、一歩先を行かれた。認めるしかない。一対一でやられた。抜かれた。

フォワードの前にはもはやキーパーの潤しかいなかった。まだ出るな、粘《ねば》れ、と思ったが、潤は前に出た。おれを抜いたフォワードからパスを受けたミッドフィルダーが、インサイドキックでボールをゴールに流しこんだ。

終了五分前。何とも痛い失点だった。立って試合を観ていた数十人のお客のうちの何人かがパチパチパチと手を叩く。相手のベンチからは喜びの声が上がった。ウチのベンチからはため息とうめき声が洩《も》れた。

「まだまだ！　追いつけ追いつけ！」

監督は疲れの見えるボランチの稲垣光《いながきひかる》と右サイドバックの智彦を外し、攻撃的ミッドフィルダー倉橋悠馬《くらはしゆうま》とフォワード弥永剛康《やながたけやす》を入れた。ディフェンダーを三人に減らし、フォワードを三人に増やす。とにかく攻めろ、との意思表示。次いでこんな指示も出した。

「貢！　上がれ！」

セットプレー以外でも機会があったら攻め上がれ、ということだ。

だがそれからの数分で、おれが上がれる機会はなかった。ウチの足は止まらなかったが、相手の足も止まらなかった。ウチはもう一度ピンチを迎え、それはどうにかおれと拓斗で防いだ。そのまま自陣のコーナー付近で相手にうまく時間をつかわれ、タイムアップの笛を聞いた。
○対一。初めての敗戦。整列して、相手チームの選手たちと握手をした。
その後、チーム全員でグラウンドの隅に座り、ミーティングが行われた。おれは自ら言った。

「ごめん。せっかく潤がPKを止めてくれたのに」

「いや、全員のミスですよ」とキャプテンの司が言う。「始まりはおれかもしれない。PKにつながる最初のパスミスはおれですから」

「そのあとのカバーもマズかったですね」と拓斗。「全部後手後手でした。ああいうときの余裕がまだないんですよね」

そのとおりだ。それはまた、おれと拓斗のコンビがこなれてないことの表れでもある。

「とにかく、もっとシュートを打たないとな」とこれは監督。「打たなきゃ相手はこわくない。明朗のミドル一本じゃ足りんだろ。遠めからでも打ってくる。その姿勢を前半のうちに見せとくべきだった。これをいい薬にしよう。この一敗で止めとこう」

「ういっす」と選手たちが口々に言う。

三月の終わりに開幕した東京都社会人サッカーリーグ一部。これまで四試合を消化し、三勝一敗。よその結果にもよるが、たぶん、得失点差の関係で、三位とかそのあたり。悪くはないが、ベストでもない。もう一つも順位を下げられない。十五チームのなかで上三つに入らなければならない。その三チームが関東社会人サッカー大会に出られる。そして各県から十六チームが出場するその大会で決勝に進んだ二チームだけが、関東サッカーリーグ二部に昇格できる。そんな仕組みだ。道は険《けわ》しい。

その名になって二年めの、カピターレ東京。キャプテンは片桐司。三歳下。大学は同じだ。おれが四年生のときの一年生。つまり、司が入学した年のサッカー部でキャプテンを務めたのがおれだ。

司のことは覚えていた。さっきおれを抜き去ったフォワードのように、技術が高い選手だった。おれが卒業したあと、二年からレギュラーになった。カピターレ東京には、前身のOBチーム時代から在籍している。今季はキャプテンに選ばれた。

歳下とはいえ、チームに知り合いがいてくれたのはよかった。入団後、初めての練習で顔を合わせたとき、司は自ら言った。

「一応は自分ですけど、田口さんがキャプテンのつもりでいてくださいよ。おれにしてみれば、田口さんがいるチームなら、キャプテンは田口さんですから」

「いや、キャプテンは司だよ。キャプテン司。語呂《ごろ》もいい」

「それ、みんなに言われますよ。だからキャプテンは昔からあまりやりたくなかったんですよね」

おれが前からこのチームにいたとしても、キャプテンは司がやるべきだ。最年長者ではないほうがいい。高校や大学のように二歳差三歳差のなかに全員が収まるなら別だが、十歳近くも幅があるなら、真ん中よりやや上ぐらいの者がやるのが妥当だろう。圧倒的な統率力があること、との条件つきで、逆に最年少者がやるのもいい。

今のチームでは、その最年少者が相原拓斗だ。まだ大学を出たばかり。今年二十三歳。あとはフォワード有村圭翔と、終了間際に交代で出た攻撃的ミッドフィルダー倉橋悠馬。その三人が同い歳。

クラブの代表の立花さんも、拓斗には大いに期待している。Jリーグのチームからも JFLのチームからも声がかからなかったことを知るとすぐに動いたらしい。そしてチームの理念を説明し、口説《くど》き落とした。

監督は、開幕戦で、この拓斗と、去年までのレギュラーセンターバック小林恭太《こばやしきょうた》を組ませた。が、そのコンビはわずか一試合で終わった。試合の五日後に恭太が退団したからだ。開幕戦があったのは三月二十七日。五日後は四月一日。つまり、転勤してしまったのだ。よりにもよって、北海道へ。

恭太は八重洲に本社がある食品会社に勤めていた。カップ麺で有名な会社だ。業界では最大手。だからこそ、全国に支店がある。もちろん、カピターレ東京でプレーしていることは会社に伝えていた。それまでは本社で働きながらプレーした。だがここへきて、転勤が決まった。

クラブは、去年もほぼ全試合に出場していた恭太を残したかった。試合のある土日だけ東京に来させることも検討した。恭太自身も検討した。出した答は、ノーだった。これが宇都宮や仙台だったら、またちがっていたかもしれない。だがさすがに北海道は遠い。飛行機に乗ってしまえばすぐとはいえ、チームも往復の旅費までは出せなかった。そんなわけで、恭太は開幕戦のみ出場し、退団した。

その開幕戦は、攻撃的ミッドフィルダー明朗とフォワード圭翔のゴールで、二対〇と勝利した。幸先《さいさき》のいいスタートだ。と思ったら、恭太の退団。チームは早くも危機に見舞われた。

一週間後の第二戦。動揺が収まらないなか、監督はおれをスタメンでつかった。困ったときのベテランだ、頼むぞ、と言って。土日休みでないおれは、土曜の前日練習にも参加していない。ぶっつけもぶっつけだった。

久しぶりに気合が入った。もう若くない。が、経験はあるはずだ。リーグ三部の試合だって、試合は試合。出ればやることはやった。三部のチームにも、一人ぐらいはずば抜けて能力が高い攻めの選手がいた。その選手たちは抑えてきた。チームとしての負けは多かったが、個人で負けたと感じたことはない。

その第二戦も、どうにか勝つことができた。最後の二十分はさすがにバテたが、集中は切らさなかった。途中交代もさせられなかった。二対一。右サイドバックの智彦が与えたPKで一点はとられたが、守備を崩されはしなかった。攻撃的ミッドフィルダーのキャプテン司とフォワードの圭翔。二点をとってくれてたすかった。

続く第三戦も、おれはスタメンでつかわれた。一対〇で勝った。その一点はPK。下手をすればこちらのシミュレーションをとられてもおかしくない、微妙な判定だった。派手に転んでPKを得たのは圭翔だが、蹴ったのは明朗だ。そこは監督の指示どおり。圭翔が決めていれば三戦連続のゴールだったが、そこは新人、蹴らせてくれとまでは言わなかった。

その試合は、かなり攻められた。おれと拓斗は急造コンビの弱さを露呈した。位置が重なることもあったし、大事なところでお見合いをしてしまうこともあった。それで結果は完封なのだから、サッカーはわからない。

でもって、今日だ。初めての負け。おれ自身も負けた。やられた。だが、何というか、沸《わ》いた。出場三試合めにして初めて、戦った感じがした。勝ちたいな、とシンプルに思った。

試合が終わったのが午後五時。そしてシャワーを浴び、トレーナー成島《なるしま》さんのマッサージを受け終えたのが午後六時すぎ。

「おつかれ。じゃあ、また」

そう言って、チームのエースである高岡明朗は帰っていった。どこへって、名古屋へ。明朗は、今年ただ一人の地方組なのだ。去年はもう一人いたらしいが、退団した。まだ二十八歳だったが、引退したのだ。やりきった、ということで。

明朗は、大手光学機器メーカーの名古屋事業所に勤めている。異動したのは去年の四月。小林恭太同様、立花さんが引き留めた。明朗自身も、チームに残ることを選んだ。今は毎週末、新幹線でやってくる。土曜日の朝イチに来て練習に参加し、一泊して、翌日曜の試合に臨《のぞ》む。試合が終わると、その日のうちにまた新幹線で帰っていく。そんなことを、シーズンが終わるまで続ける。

平日の練習には出られない。調整は自分でする。名古屋でジムに通い、ランニングをする。サボろうと思えばいくらでもサボれる。誰も強制しない。監視の目もない。だがそこでサボるくらいなら、初めからやらない。とはいえ、キツいだろうな、と思う。平日はフルに仕事をしているのだ。そして名古屋と東京の往復。泊まるのも、ホテルではない。一人暮らしの友人宅か、カピターレ東京の事務所。

江東区のその事務所には、おれも何度か行った。商店街、まさにだんご屋の二階にある、普通の事務所。広くはない。三つのデスクとソファが置かれているだけ。そのソファで、寝るのだ。

肉体的な負担だけでなく、経済的な負担もある。聞けば、往復の新幹線代はすべてクラブ持ちでもないらしい。せいぜい半分。残りの半分は明朗自身が出している。遠距離恋愛をしてると思えば何でもないですよ、と本人は笑うが、思えないだろう。それでも、やる。沸き立つ本気のサッカーができるのだから、やる。カピターレ東京にはそんな者たちが集まっている。そんな者たちとのサッカー。そりゃ、やりたくなる。

去年から、クラブはよその大学卒の選手も受け入れるようになった。今年はついに元プロ選手も入った。フォワードの梅津新哉だ。

新哉は、二年間、Ｊ２のクラブにいた。レギュラーとまではいかなかったが、試合には出ていた。その二年で五点ぐらいはとっている。契約満了で退団した。そのとき二十八歳。引退するしかねえか、と本人は思ったという。そこで立花さんが声をかけたのだ。ワントップもこなせる新哉ならチームの力になってくれるだろうと。

関東サッカーリーグ一部のチームからも声はかかったらしいが、新哉はウチを選んだ。東京、というところに惹《ひ》かれたらしい。うそかほんとか知らないが、こんなことを言っていた。おれ、新宿が好きなんすよね。ゴールデン街とか。だからカピターレに決めました。

新哉のワントップでいく構想もあったようだが、同じく新入団の圭翔が思いのほかよかったので、監督はその二人のツートップを採用した。圭翔はすでに二点とっているが、新哉はいまだ無得点。どうもフィットしない。気が強い新哉は、試合中でも時おり苛立ちを見せる。チームメイトに文句を言いはしないが、感情をあらわにはする。周りの動きが自身のイメージとちがうのかもしれない。

監督やコーチの桜庭《さくらば》さんやマネージャーの細川真希《ほそかわまき》も含め、明日はほぼ全員が仕事。いつものように、チームはその場で解散した。初めての負け試合。軽く飲みにでも行きたいところだが、そうも言ってられない。おれも明日は仕事なのだ。たとえ休みでも、行かないだろう。ただでさえ、綾に受け入れられてない。そのうえ飲みはない。

チームに既婚者は少ない。立花さんと監督と桜庭さんと成島さんはそうだが、選手では二人。おれと右サイドバックの智彦だけだ。

智彦は今二十六歳だが、結婚歴はおれより長い。社会人一年め、二十三歳のときに結婚したのだ。大学生のときから付き合っていた相手と。奥さんは、智彦がカピターレ東京でプレーすることを受け入れているという。応援しているという。まず、サッカーが好きらしい。くわしくはないがサッカー好き。クリスティアーノ・ロナウドはカッコいいよね、でも何だかチャラそうだからわたしはイブラヒモヴィッチさんのほうが好き、だそうだ。その程度でよかったですよ、と智彦は言う。あそこであのオーバーラップはないでしょ、とか、あんたクロスの精度が低いのよ、とか嫁に言われるのは、さすがにキツいですもん。

　では綾はどうかと言うと、サッカーのことはほとんど何も知らない。初めからそうだった。一チームが十一人であることさえ知らなかった。だからイレブンていうんだ？　と言った。それでいいとおれも思っていた。夫と妻、趣味嗜好はちがうほうがいいと。

　そんな綾と、これまではうまくやってきた。ぶつかる要素がなかった。綾もサッカー好きだったら、そんなチームから声がかかるなんてすごいじゃない、と言ってくれたのだろうか。やりなさいよ、と快く背中を押してくれたのだろうか。わからない。背中を押してくれたような気もする。それはそれ、これはこれ、と考えていたような気もする。そのあたり、女性はシビアだ。現実を見る。先も見るが、先は現実から推測する。対して男は、まず先を見る。先に、現実を合わせようとする。

　みつば南団地の自宅には、午後八時に着いた。自分のカギで玄関のドアを開けて入り、三和土《たたき》でスニーカーを脱いで向きをそろえる。スポーツバッグから出した汚れものは洗濯機に入れた。

　背番号４、左胸にエンブレムがついたカピターレ東京のユニフォーム。上は白で下は黒。ドイツ代表っぽい。それは明日綾に洗わせることになる。今週は月曜と金曜が綾の休みだから。

　明日の朝、おれが仕事に出たあとで洗濯にとりかかる綾の顔を想像する。そのユニフォームを手にとる。眉《まゆ》をひそめる。またすぐに洗濯槽に投げこむ。何なのよ、くらいのことはつぶやく。

　シフトが早番なので、綾はすでに帰宅していた。台所で夕食をつくっている。

「ただいま」とその背中に言う。

「おかえり」と言ってから、綾はチラッとこちらを見る。

　ほっとする。見てくれるだけましだ。わたし、どんなにいやな相手にでもあいさつだけはするの、と綾が言っていたのを思いだす。会社で折り合いがよくない相手にも必ず自分からあいさつをするのだという。それを聞いて、ちょっとうれしかった。おれも同じだから。

　和室に行き、部屋着のジャージに着替えた。サッカーを始めた小一のときから、部屋着はずっとジャージだ。練習着もジャージで、部屋着もジャージ。ちゃんと着替えなさい、とよく母親に言われた。大して汚れてもいないのに着替える意味がわからなかった。だが言われるから着替えた。ジャージからジャージへ。今も、まあ、それに近い。

　それから洗面所に行き、うがいと手洗いをすませた。台所経由で居間に戻る際、こちらを向いて皿にサラダを盛りつけていた綾に言う。

「負けたよ」

「そう」

目は合わない。おれ自身、無理に合わせようとはしない。サラダに入れられたコーンの粒を見る。真っ黄色の財布が好きな立花さんの奥さんはコーンも好きなのかな、と妙なことを思う。

「おれのミスで点をとられた」

綾が手を止めておれを見る。

「そのせいで、負けた」

そうなの、という感じにうなずいて、綾はサラダの盛りつけに戻る。言葉は発さない。発するとしたら、何だろう。だからやめとけばよかったのに、だろうか。もっと単純に、いい気味、だろうか。

おれはそのまま居間に行き、ソファに座る。見たいものがないので、テレビはつけない。が、やはりつける。音がないと気づまりだから。そういえば、綾はテレビをつけなくなったな、と思う。前は一人で夕食の支度《したく》をするときもつけていた。見るのでなく、音を聞く感じで。いつからつけなくなったのか。今日はたまたまつけていないだけなのか。そんなことさえ、わからない。

ＮＨＫの大河ドラマ。その音を聞きながら、隣の和室を眺める。夫婦の寝室だ。六畳間。腹筋や背筋、それにストレッチなんかがやりやすいから、おれが和室ありの物件を望んだ。結果、ベッドでなく、フトンになった。

そうなってよかった。これが例えばセミダブルベッドなら、よくないことになっていたかもしれない。おれは毎晩、居間のこのソファで寝ることになっていたかもしれない。フトンだから、どうにかなった。それぞれのフトンをちょっと離すだけ。部屋から出るようなことにはならなかった。この先はわからないが、少なくとも今はなってない。

「できた」と台所から綾が言う。

三文字。三音。短い。だが意味は伝わる。

「ああ」とおれも言う。

二文字。二音。さらに短い。

翌月曜は仕事。朝、起きれなくて、かなりあせった。

まず前夜、試合での負けが思った以上に尾を引いて、なかなか寝つけなかった。相手フォワードに抜かれた場面、あの一歩遅れた場面が頭から離れず、何度も寝返りを打った。試合のあとは興奮して眠れない。ままあることだ。特に夜の試合だと、早朝まで眠れないこともある。だが昼の試合でそこまでというのは久しぶりだ。隣に綾がいるので、安心していた。しすぎていた。綾は休みだということを、そのときは忘れていたのだ。

微妙に距離をとられた隣のフトンから、綾に言われた。

「まだいいの？」

半睡の状態で、応えた。

「ん？」

「七時四十五分だよ」

「え？」

そこでやっと目を開けた。が、飛び起きたりはしなかった。できなかったのだ。体がやけに重くて。

開幕して一月半。こなした試合は三つのみ。それでも、疲れがたまっていた。新たな環境に身を置いたせいもある。年齢のせいもある。最初の疲労のピークがいつかくることはわかっていた。が、早すぎた。夏はまだ先だ。チーム最年長。成島さんに入念なマッサージをしてもらったのに体が強張《こわば》っていた。あちこちに鈍痛があった。

ゆっくりと起き上がる。目を覚ましてたなら、もっと早く言ってくれよ。綾にそう言いたいが、言えない。そんなことを言ったら、フトンとフトンがますます離れてしまう。

緩慢な動きで、急いだ。八時十一分の電車に乗らなければならない。JRみつば駅までは徒歩二十分。走れば十分。スーツに革靴で、十分。普段体を動かしてない人ならとても無理だろう。今日のこの感じだと、おれでもキツい。走りたくない、とすでに思ってしまっている。だが遅刻はできない。無理を言って忙しい日曜を休みにしてもらっているのに、翌月曜は遅刻。それだけは絶対にできない。

洗顔と歯みがきをササッとすませ、手櫛《てぐし》で髪を整えた。スーツに着替えて、ゴー。

「いってくるわ」

起きてからの十分ちょいで、綾に言ったのはそれだけだ。

ダッシュ。いい大人なので、信号は守る。足は止めない。速度で微調整し、青を狙う。電車にはどうにか間に合った。十分切れ目なく走りつづけ、改札も小走りで通り、階段も駆け上がる。それでやっとぎりぎり。いつも乗る最後尾の車両には行けず、階段を上りきってすぐの扉から飛び乗った。駆けこみ乗車はおやめください。そう言われても、やめられなかった。

朝八時台の通勤電車。ピークは過ぎたが、混んでいる。ゼーゼー言わないよう、呼吸を無理に抑えた。スーツ姿だというのに、汗をダラダラかいていた。だがその汗も、終点の東京に着くころには、どうにか引いてくれた。

地下深くのホームに降り、長い階段を上る。基本、エスカレーターはつかわない。エスカレーターしかないなら、右側を歩いて上る。人の邪魔にならないよう気をつけて。

駅から店までも、十五分歩く。有楽町からならもっと近いのだが、乗り換えが面倒なので、東京から銀座まで歩いてしまう。毎日、職場への行き帰りだけで七十分歩くことになる。そして職場では立ち仕事。そんなに体はなまらない。はずだ。

裏の従業員通用口から入り、社員カードをリーダーにかざす。九時十分。開店は十時だから、かなり余裕がある。定時の九時半に来ればいいのだろうが、おれはいつもそうしている。一番乗りとはいかないまでも、二番手三番手にはつける。

催事期間中なので、八階催事場での朝礼に参加した。そこでの朝礼は、若手社員がやることが多い。本来なら主任のおれがやるべきだが、中尾久《なかおひさし》マネージャーの指示どおり、黒須くんにまかせた。

黒須くんはおれより三歳下。婦人服部のエース、期待の若手社員だ。出身大学も最高レベル。何故そこからウチに来たのか、とよく訊かれる。黒須くんは淀みなくこう答える。昔から決めてたんですよ。お客さまと接するのが好きなので。大学のときにやったアルバイトも全部販売でした。将来はまちがいなく役員クラスになるはずだ。

何なら社長にだってなるかもしれない。

　黒須くんはまず昨日の売上とここまでの目標達成率の数字を伝え、あと二日でどうにか百パーセントに近づけていきましょう、と言った。そしてこんな話をした。

「皆さん、今付けてらっしゃる名札の向きをもう一度ご確認ください。少しでもななめになってたら、付け直してください。というのも、こないだ僕が見たSNSにこうって書いてる人がいたんですよ。今日デパートに服を買いに行ったら、店員の名札が曲がってて一瞬で買う気が失せた。そんな店員から買いたくない!!　ほかの色があればとか適当に理由をつけて、買わずに退散した。買いたくない、のあとにはびっくりマークが二つ付いてました」

　販売員さんたちから笑いが起きた。声に出る笑いだ。おれも笑った。

「それだけのことで？　と思う一方で、僕自身、納得もしました。確かにそうですよね。わざわざデパートに行ってるんだから、気分よく買いたいですよ。安さを求めるならよそに行けばいいわけだし。お客さまの心理とはそういうものだと思います。玄関でどんなに立派なあいさつができても、家に上がったとき靴下に穴があいてちゃダメ。ということで、今日も一日、気を引き締めていきましょう。ご尽力、よろしくお願いします」

　和やかな雰囲気で、朝礼は終わった。和やかだが、ゆるんではいない。

うまいもんだな、と思う。今の話は、たぶん、創作だ。黒須くんはＳＮＳを見て時間をつぶしたりはしない。前に本人が言っていた。催事の週は、朝礼用のネタを前もって三つ四つ用意しておくんですよ。で、あいさつをしながら販売員さんたちの様子を見て、どれを話すか決めます。暗かったら明るめのものにしますし、緊張感がなかったらクレーム関係なんかのキツめのものにします。今日はやや暗めやや緊張感なし、と判断したのだろう。結果、その話だ。おれにはまねできない。話の創作も、瞬時の判断も。

催事の販売員さんは、ほとんどが中年女性。メーカーごとにほぼ固定されるため、顔なじみも多い。そのうちの一人に、昨日勝ったの？　と訊かれたので、負けました、と答えた。

忙しい日曜日にいなかったことの負い目もあり、今日は一日この催事場に詰めるつもりでいた。が、プロパーの売場の朝礼を終えて上がってきた中尾さんが開店直前に言った。

「ここは黒須くんにまかせて、田口くんは倉庫を見てきてくれ。昨日追加で入れた商品がごっちゃになってるはずだから、整理してきてほしい。営業さんたちがまた適当にやっちゃってると思うんだ。昨日は忙しくて、そこまで手がまわらなかったから」

先輩のおれに気をつかい、黒須くんが口を挟む。

「僕が行ってきましょうか？」

「いや、黒須くんはこっちにいて。頼むわ、田口くん」

「はい」

別におかしなことではない。誰がやってもいいのだ。実際、社員の目が届かないところでは、営業さんはかなりいい加減なことをやる。よそから借り受けたラックを勝手につかってしまったり、ほかのメーカーの商品を倉庫の奥へ押しこんでしまったり。甘い顔を見せるとつけこまれる。時には遥かに歳上の営業さんにも強く言わなければならない。黒須くんは、おれ以上にそれをうまくやる。人当たりはやわらかいが、強く出るところは強く出る。そのあたりもやはり優秀なのだ。慕《した》われる。だが慕われすぎない。

警備室で倉庫のカギを借り、別館へと向かった。本館の裏手に位置する別館には、倉庫や社食がある。売場はないので、建物は地味だ。昭和の感じが残るその別館は、再来年あたり取り壊されることになっている。その際に売場を増床するという話もある。そうすると倉庫はどこになるのか。そこまでは知らない。

と、知らない、で終わりにしてしまうのがおれで、たぶん、その先まで考えるのが黒須くんだ。その差は大きい。中尾さんが黒須くんに頼るのもわかる。おれ自身がマネージャーだとしても、田口貢よりは黒須くんに頼るだろう。

地下から別館に移動し、階段で三階に上がる。カギを開けて、倉庫のなかを見る。ワンピースやら何やらがびっしりと掛けられたラックが、これまたびっしりと詰めこまれていた。扉のすぐ前まで来ていて、足の踏み場もない。

ジャングルに分け入るように入っていき、商品に付けられた値札を見る。それでプロパー商品か催事商品かがわかるのだ。ラックを二十本ほど外に出してスペースをつくる。メーカーごとに並べ直す。プロパー商品と催事商品は分ける。プロパー商品はラックごと紐《ひも》でくくる。一目でわかるようにする。そう決めて、作業にとりかかった。

ガタがきて車輪がうまくまわらなくなっているラックを引きずりながら、考える。

最近、こんな感じのことが増えた。おれがカピターレ東京に入団してから、だ。試合はほとんどが日曜。それはリーグ三部にいた去年までと変わらない。だがもう会社のチームではない。だから事前に会社に話しておくべきだと思った。

そこで人事課に行き、相談した。図々しいことは承知のうえで、試合がある日曜は休みにしてくださいとお願いした。その場で返事はもらえなかった。もらったのは、二、三日後。内線電話が売場にかかり、人事課に呼ばれた。そこには専務がいた。九年前には総務部長としておれの入社面接に立ち会い、二年前にはおれと綾の結婚披露宴の主賓にもなってくれた、水越専務だ。

「サッカーを続けるのか。よかった」と水越専務は言った。「いや、実はね、ちょっと責任を感じてたんだ。部をなくしてしまったんで、田口くんからサッカーを奪うことになるんじゃないかと。でもそうか、続けるか。しかも上を狙うチームで」

「はい。クラブの代表に声をかけてもらったので」

「すごいな。三十で声がかかるとは」

「たまたまです。チームの事情と僕の事情が合っただけで」

「まあ、歳は関係ないか」

「そう思いたいです」

「ただ、さすがに土曜も日曜も休ませるわけにはいかないな。試合の当日だけは休んでもらってかまわない。もちろん、現場との調整は必要だけど。むしろがんばってほしいよ。百貨店の社員には遊び心がほしい。仕事だけじゃなくていい。大いに遊んでほしい。その遊びを仕事に活かしてほしい。と、社長も言ってたよ」

「え？」

「話したんだ。だから社長もこのことを知ってる。安心していいよ」

「ありがとうございます」

「ほんとはウチがスポンサーにでもなればいいんだけどね、残念ながらそこまでの余裕はない。何せ、部をなくすぐらいだから」

本当にありがたかった。ただただ感謝するしかない。

水越専務の後押しには救われたが、意外なところでマイナスも生まれた。中尾マネージャーだ。現場、つまり売場の中尾さんには、事後報告になった。カピターレ東京への入団を綾に伝えたときと同じだ。事情をすべて話し、水越専務から承諾を得たことも伝えた。ちょっといやな言葉をつかえば、それが気に食わなかったらしい。

「いや、無茶だろ」と中尾さんは言った。「何だよ、それ。毎週日曜休むってこと？　催事のときも？　去年までは、まあ、ウチの部だったからしかたない。でもそこはウチとはまったく関係ないんでしょ？　要するに、完全な遊びでしょ？　それはダメだろ、普通」

「すみません」と頭を下げるしかなかった。

中尾さんが言ったことに一つもまちがいはないのだ。

仕事からの逃げ。初めはそうだった。だがリーグが始まって三試合に出場した今はちがう。プレーしたい。プレーできるなら、何を言われてもしかたがない。

先月、綾にも一年の期限を切られた。この一年だけにしてね、と。明確な返事はしなかった。先のことはわからないからだ。一年で、立花さんや監督からもういらないと言われるかもしれない。おれ自身が、もういいと思うかもしれない。

あのとき、おれは自宅の居間で掃除機をかけていた。うやむやにごましたおれに、綾は言った。わたしも好きにするから。ドキッとした。何を好きにするのか、綾もそこまでは言わなかった。おれは掃除機の音で聞こえないふりをした。訊き返せなかった。こわかったのだ。訊いたら、綾は答えなければいけなくなる。何は好きにして、何は好きにしないのか、決めなければいけなくなる。言葉は侮《あなど》れない。口にしてしまったせいで、あと戻りができなくなる。そのとおりに動かざるを得なくなる。そんなこともあるのだ。

綾は試合を観に来ない。去年までもそうだった。日曜は仕事だから無理もない。おれも誘いはしない。代わりにというのも変だが、春菜が試合を観に来た。壮行会をしてくれた同期三人のうちの一人、横井春菜だ。試合当日ではなく、あとでそのことを知った。裏の通路で出くわしたときに言われたのだ。試合、観に行ったよ、と。

部のマネージャーを務めるくらいだから、春菜はサッカーが好きだ。壮行会のときも、行けたら行くよ、と言っていた。本当に来るとは思わなかったが。

チームとしての三戦め。PKをもらい、どうにか勝ったあの試合。まったく気づかなかった。事前に聞いてもいなかったので、姿を探しもしなかった。どこか隅のほうで観ていたのだろう。

驚いたが、ちょっとうれしかった。

誰かに受け入れられるのは、いい。

共感の六月

映画は久しぶりに観る。有楽町にある映画館。主にミニシアター系のものを上映するところだ。銀座の店から近い。でもしかたない。ここでしかやってなかったのだ。亮介が観たいというその映画が。

そう。天野亮介。お客さま。パンツの採寸ミスの。

あのあと、亮介は再び来店してくれた。翌金曜の閉店三十分前に。

「今日は無理かと思ったけど、どうにか間に合いました」と笑った。

「すみません。何度もご足労をかけてしまって」と謝った。

「いえ。会社から近いんで。むしろこのパンツへの期待が高まりました」

すぐにパンツを穿いてもらった。そして慎重に裾に針を刺した。その状態で靴を履いてもらい、少し歩いてもらった。

「長さはよろしいですか？」と尋ねた。

「さすがに慎重ですね」と言われた。

「もう失敗は許されませんから」

「いや、そんな。僕は許しますよ」

「わたし自身が許しません」

亮介は笑った。ほっとして、わたしも少し笑った。パンツを脱いでもらい、さらに慎重に股下丈を計った。ぴったり八十センチだった。そこにまちがいはなかったのだ。

「八十センチですね」とわたしは亮介に言い、再度確認した。「よろしいですか？」

「はい。やっぱり八十センチでよかったんですね」

「すみません。結果として、無駄に来ていただいたことになってしまいました」

「無駄じゃないですよ。ちゃんと対応してもらったことでの満足感のほうが大きいです」

「では八十センチで直させていただきますね」

「お願いします」

「今回は、ちゃんと80と書きました」と冗談気味に言った。

「ほんとだ。だいじょうぶです。僕も確認しました」と亮介も冗談気味に返した。

「本当に申し訳ありませんでした。八十センチで裾上げさせていただいて、確実にお届けします」

裾上げが終わったら連絡してもらい、股下丈が八十センチに仕上がっているかを自分で確かめるつもりだった。そのうえで、箱詰めし、伝票を書き、配送に出す。その先、配送業者さんのことは、信じるしかない。

「あ、そうだ。これ、言おうと思ってたんですよ」と亮介が言った。「こないだ、ここであの短いパンツを穿いたとき、これで帽子をかぶってステッキを持ったらチャップリンだって言ったじゃないですか」

「はい」

「あれ、ちがってました」

「はい？」

「調べたんですよ、ネットで。そしたら、チャップリンのパンツの丈はそんなに短くないことがわかりました。絵なんかでそんなふうに描かれてるのもあるんですけど、実際には短くないんですよ。狭まってはいるけど短くはない。何ならむしろ長いくらいで」

「あぁ。そうなんですか」

「はい。イメージで勝手にそう思ってたみたいで。僕、チャップリンはわりと好きで、映画もほとんど観てるのに、そう思ってました。案外ちゃんと見てないものなんですね。反省しましたよ。と、まあ、店員さんにわざわざ言うことでもないですけど。この前、そう言っちゃったんで、まちがいは正しておきたいなと。これですっきりしました。忘れてください」

笑った。忘れないだろうな、と思った。自分から言った。

「わたしもチャップリンは観たことがありますよ」

「ほんとですか。何観ました?」

「『キッド』と、あとは『街《まち》の灯《ひ》』」

「あぁ。どっちもいいですね。悲しい話だけど、おかしさも溶けこませてある。というか、悲しさとおかしさを分けないところがうまいですよ、チャップリンは。僕もその二つは好きです」

わたしのパンツ採寸ミス事件は、それで解決を見た。また丈が短いんですけど、と亮介が三たび来店することも、パンツが届かないんですけど、と店に電話をかけてくることもなかった。配送後一週間で、問題はなかったようだな、と思い、次の一週間で、この件自体を忘れた。が、その一週間後に、思いだすことになった。亮介が来店したのだ。

土曜日だった。しかも、午前十時の開店直後。わたしはエスカレーターのわきにいた。上ってこられるお客さまをお迎えする位置だ。このフロアに来られるかたにも上の階に行かれるかたにも、おはようございます、いらっしゃいませ、と声をかけ、頭を下げる。ウチはそれを開店から五分間やることになっている。すべてのフロアで、各売場の社員がそれをやる。時には人手が足りなくて販売員さんにお願いすることもあるが、なるべく社員がやるよう上からは言われている。

そのエスカレーターで、男性客がやってきた。それが亮介だった。お互い、ほぼ同時に気づいた。

「あっ」と亮介は言い、

「おはようございます。いらっしゃいませ」とわたしはやや早口で言った。

亮介はエスカレーターから少し前に進み、立ち止まった。

「おはようございます。よかった。いきなり会えるとは思いませんでした。レジのほうを探してみるつもりだったんですよ」

あのパンツのことで何か？　と言おうとして、気づいた。そのパンツを、亮介が穿いていたことに。

「あ、気づいてくれました？　穿き心地、すごくいいです。股下の長さもちょうど。気に入ったんで、よく穿いてますよ」

「お似合いです。そう言っていただけて、わたしもうれしいです」

「今日はちょっと夏ものを見たいなと思って」

「それでお越しいただいたんですか？」

「はい。何なら二本ぐらい買いますよ」

「ありがとうございます」

「できればまた田口さんに見てもらいたくて。同世代の女の人に選んでもらうのが一番なんですよね。僕自身が選んだものより、そうやって人に見立ててもらったもののほうが、周りからの評判がいい」

「わかるような気がします。自分で客観視するのは難しいですもんね」

「まさにそれです。自分にいいように見ちゃうんですよね。ということで、お願いできますか？」

「喜んで」と、居酒屋さんのようなことを言ってしまう。

すでに十時五分を過ぎていたので、エスカレーター前を離れ、亮介と二人、ジャケットとパンツのコーナーに向かった。

「土曜日でも、開店してすぐならまだ空《す》いてるかと思って」

「おっしゃるとおりです。今日はお仕事、ではないですよね？」

「ですね。休みです」

「ご自宅から来ていただいたんですか」

「はい。ちょっと早く目が覚めたんで、じゃあ、行っちゃおうと」

亮介の自宅は江東区だ。配送伝票にそう書いてあった。近いといえば近い。貢のサッカークラブの事務所も、同じ江東区にある。

売場では、自由に見てもらった。亮介が求めてきたときに意見を言う。そのくらいにとどめた。正直、わたしに特別な知識やセンスがあるわけではないのだ。もう長く紳士服部にいるというだけ。結婚後に貢が着る服を選んできたという程度。

亮介はまず柄ものを一本選んだ。チャコールグレーのチェック柄だが、ラインは薄いので、柄ものとの印象はそう強くない。

「もう一本は無地にするつもりですけど。どんなのがいいと思います?」

わたしはカーキ色のものをすすめた。夏ものとあって、濃くはない。グレーっぽいが、よく見ると緑も感じさせる。そんな色合い。

「いいですね」と亮介は言ってくれた。「うん。この二本の取り合わせは悪くない」

そして試着し、どちらも買うことを決めた。一応、二本とも針を刺し、股下丈を計らせてもらった。柄もののほうは八十センチ、無地のほうは八十・五センチだった。

「あ、ちがうんですね」

「それぞれ仕立てがちがいますから、多少は変わってきます」

「そうか。靴もそうですもんね。いつもは二十六センチでも、ものによっては二十五・五だったり、二十六・五だったり」

それで買物は終わりかと思ったが、亮介はさらにこんなことを言った。

「このパンツ二本どっちにも合うようなジャケットだと、どれですかね」

そこではライトグレーのものをすすめた。軽くて通気性もいい。でもおじさんくさくない。これなら貢にもいいかも、と思った。

「薄いグレーか。サマージャケットはブルーっぽいものが多いからちょっと敬遠してたんですけど。これはありだな」

「柄もののパンツとは同系色ですけど、濃さがちがいますし、ジャケットは無地なので、合うと思いますよ」

「決めた。買います」

「え、ほんとですか?」とつい言ってしまった。店員なのに。

「せっかくの機会を無駄にしたくないですよ。思ったより値段も安くすんだし」

そのジャケットも実際に着てもらった。試着室の外でだ。

「お袖を直す必要はなさそうですね。ちょうどいいです」

「袖も、直したりするもんですか?」

「ええ。同じ身長でも、手の長さは人によってちがいますし。左手と右手の長さがちがうかたもいらっしゃいますよ」

「なるほど。ぴったり同じ人のほうが少ないのかもしれないですね」

亮介がジャケットを脱いだ。わたしはそれを受けとり、パンツ二本とともに、自分の左手に掛けた。亮介がわたしを見て、言った。

「田口さん」

「はい」

「映画を観に行きませんか？」

「はい？」

「チャップリンを観たことがあるとおっしゃってたので、どうかと」

「あぁ」

唐突な誘い。さすがに驚いた。

「えーと、それは」

「あ、でもあれですよ、パンツもジャケットも買うからその代わりに、なんてことじゃないですよ。初めからそのつもりで来たわけでもないし。ただ、ふと思って、言っちゃいました。映画の趣味が合う人は周りにあまりいないんで」

「あの、観たことがあるというだけで、わたしも、チャップリンがすごく好きというわけでは」

「僕もです。好きなな中の一つという感じです」

「わたし、何というか、結婚もしてますし」

「あぁ、そうですか」と亮介は意外そうに言った。

わたしが結婚していたことが意外、というのでなく、わたしが今ここでそれを言いだしたことが意外、という感じだった。

「一応言っておくと、僕は結婚してません。今は彼女もいないです」

わたしはいつも結婚指輪をしていない。だから声をかけられたのかと思ったが、そういうことでもないらしい。指輪をしないことに大した意味はない。貢とギクシャクするようになって外した、ということではまったくない。何となく邪魔になるから。その程度の理由だ。ちなみに、貢もしていない。何と、日本サッカー協会が、安全面の理由から試合中の貴金属類の装着を禁止しているのだ。だからつけたり外したりするのがめんどくさくて、と貢は言っていた。それでなくすのもこわいしさ。

「すいません、いきなり変なことを言って」と亮介は謝った。「無理ならいいです。忘れてください」

チャップリンのパンツの丈の件と同じ。忘れないだろうな、と思った。自分から言った。

「行くなら、ご連絡はどうすればいいですか？」

「電話をください。番号はわかりますよね、配送伝票で」

個人情報の目的外利用になるだろうか。と、そんなことを考えた。なるといえばなる。ならないといえばならない。お客さまご承知、とわたしはつぶやいた。心のなかで。

そして今。わたしは映画館にいる。右隣には天野亮介が座っている。

店までは、歩けば十分。たぶん、距離は一キロもない。店には今日も貢がいる。わたしだけが休み。亮介は、土曜日に出勤した分の代休をとったという。近いとはいえ、貢の存在は感じられない。そこが東京の東京たるところだ。狭いが広い。密度が狭さを打ち消してくれる。結果、広い。

不思議と罪悪感もない。わたしも好きにするから、と貢には言った。貢が居間で掃除機をかけてたときにだ。貢は聞こえないふりをしたが、たぶん、聞こえていた。その直前に、サッカーはこの一年だけにしてねと言ってもいたのだ。わたしに注意を向けてなかったはずがない。

こうなることを想定してああ言ったわけではない。ああ言ったからこうするわけでもない。別にごまかすつもりもない。決していいことではない。普通、妻が夫以外の男性と二人で映画を観には行かない。でもいいだろう、と思う。休日に映画を観る。隣には夫でない男性が座っている。ただそれだけの話。一線を越えるつもりはない。文字どおりの、お付き合い。

初めこそ、そんなことをあれこれ考えていたが、じき映画に集中した。アイルランド映画『豚《ぶた》と恋《こい》の村《むら》』。これが意外におもしろかった。アイルランドの地方都市。そのなかでもさらに農村。豚を飼育している農家の話。

早くに妻を亡くしてやもめとなった父親の花嫁を見つけようと、十歳の息子が奮闘する。自分が通う学校の先生。村にある食料品店の娘。首都ダブリンから農工具のセールスに来た女性。車でただ村を通りかかっただけの女性。少年はありとあらゆる女性に声をかける。父親を無理やり紹介しようとし、ことごとく失敗する。その様子が、農村の日常と絡めてコミカルに描かれる。

配達に来た食料品店の娘を捕まえようと掘った落とし穴に、飼育している豚と父親自身が落ちるシーンでは、声を出して笑った。派手な事件は起こらないところがよかったし、緑がきれいなアイルランドの風景もよかった。

最後、父親は、いつもケンカばかりしていた隣家の娘と結ばれる。同じく農家の娘。自分たちも飼っているにもかかわらず、豚を飼ってる家の女の人はいやだなぁ、と少年が候補から除外していた相手だ。

秘密裏に進めていたはずの少年の花嫁探しは、父親から見ればバレバレだった。父親は父親で、母親を求める少年の心情を察していたのだ。そして隣家の娘への自身の想いも変化したことに気づいた。いや、変化したのではなく、初めから想っていたのだと。

ラストシーンは、父親と隣家の娘の結婚式。キスを交わす二人のわきで、少年はこうつぶやく。

「飼う豚が、増えたよ」

おもしろかった。心を大きく揺さぶられる映画ではなかったが、さわさわと揺すられる映画ではあった。貢と一緒に観ることはなかった類の映画だ。

結婚してからはあまり行かなくなったが、付き合っていたころは、貢とよく映画を観に行った。映画かテーマパーク。それが定番。手軽さと料金の安さということで、やはり映画が多かった。

食べものや服と同様、貢は映画にもこだわらない。話題作ならたいてい観たいと言うし、それでいて、無理に観ようともしない。邦画よりは洋画のほうが好きだ。きちんとお金をかけたアクションもの。わたしと行くときでも、その手を選ぶ。何ならわたしもその手が好き、くらいに思っている。

だからかもしれない。『豚と恋の村』は新鮮だった。映画、おもしろいな、と思った。こんなふうに日常と地つづきな話がわたしは好きなのだな、と、三十にして気づいた。亮介がいなければ気づけなかったこと、わたしが股下を80と正しく書いていれば気づけなかったことだ。

ヴァイオリンとバンジョーとアコーディオン。軽快なのに上品なアイルランドの音楽に乗ってエンドロールが流れ、映画は終わる。館内の照明がつく。あらためて、すぐ隣に亮介がいることを自覚する。

「どうでした？」と訊かれ、

「すごくおもしろかったです」と答える。

「僕もです。上半期ではベストかもしれない」

「そんなに映画を観るんですか？」

「こうやって映画館に来るのは月に一度ぐらいですかね。ネット配信なんかで観てますよ。でもやっぱりスクリーンで観るべきですね。わざわざ時間を合わせて来る分、集中して観られる」

「ちょっと停めて休憩、とかはできないですもんね」

「はい。これ、ブルーレイが出たら買っちゃうかもしれないな」

「わたしも」

「僕が買ったら、貸しますよ。二枚買うのはもったいない。さて、行きますか」

席を立ち、その回最後の退場者として、映画館を出た。午後一時半。混雑のピークは過ぎたという意味で、ちょうどいいランチタイム。

「何食べます？」と亮介が言い、

「何でも」とわたしが言う。

「コーヒーも飲めるところがいいな。パスタでもいいですか？」

「映画のあの子が、スパゲティをフォークでクルクルやって食べてたじゃないですか。あれを見て、食べたくなりました」

「はい」

「それを聞いて、わたしも食べたくなりました」

ということで、イタリアンになった。ビルの地下にある、カジュアルなイタリアンレストランだ。亮介はアラビアータ、わたしはボンゴレを頼んだ。トマトソースをつかったロッソではなく、ビアンコのほう。

「スパゲティ、お好きなんですか？」と尋ねてみる。

「好きですけど、特にというわけでは。僕は何でも好きなんですよ。和でも洋でも中華でも。ご飯でもパンでも麺でも」

そのあたりは貢と同じだ、と思う。いちいち貢とくらべるのはやめよう、とも思う。

「食べもの全部のなかで一番好きなのは、結局メロンパンですけどね」

「そうなんですか？」

「はい。子どものころから好きで、大人になったら変わるかなぁ、と思ったら、変わりませんでした。ほかに好きなものは増えたけど、どれもメロンパンにはかなわない。不動の一位です」

「チョコチップメロンパンとか、おいしいですもんね」

「僕はあれはダメなんですよ。何ていうか、気が散るんですよね」

笑った。気が散る、というのはいい。言わんとすることが何となくわかる。

「チョコはチョコで別に食べるからいいよ、と言いたくなります」

「じゃあ、ホイップクリームが入ったメロンパンもダメですか」

「そう言っておいてこう言うのも何ですけど、あれは好きなんですよ。外も甘い。なかも甘い。メロンパンにホイップクリームを入れちゃうなんてダメな商品だなぁ、と思いつつ、やられます。そこまでやるならしかたない、抗《あらが》えない、という感じかな。でも基本、普通のが好きです」

サラダに続いて、スパゲティが運ばれてくる。亮介がいただきますを言うので、わたしも言う。食べる。

「アラビアータは初めて頼みました。結構辛いですね。うまいけど」

「メロンパンとくらべて、どうですか？」

「答えるまでもないですよ。メロン、圧勝。二十九年一位できたものは、そう簡単に負けません」

「天野さん、二十九なんですか？」

「はい」

「歳下なんですね。わたしは、次の誕生日で三十一。ショックです。二つも下とは」

「僕、老けてるんですかね」

「いえ。落ちついてるんですよ」

「うまく言い換えますね」と亮介が笑う。「僕も驚きましたよ。田口さんは、同じぐらいか、ちょっと下だと思ってた」

「それも、うまいですね」

「ほんとにそう思ってましたよ。デパートの人は若く見えるんですね」

そんなことはない。早く老けてしまう人もいる。二十代後半で化粧が異様に濃くなる人もいる。たくさんいる。

「天野さんは、子どものころ、デパートに行きました？」

「行きましたね。母親が好きだったんで、よく連れていかれました。どこか地方都市に行くと、まず駅前のデパートに入ってみる。そんな感覚なんですよね、僕の親世代は」

「あぁ、そうかも」

「だから今も、何か、行っちゃうんですよ。量販店に行くぐらいならデパートに、という感じで。結局、華やかな場所が好きなんでしょうね。虫みたいなもんかな、明るいところに引き寄せられるっていう」

「虫って」とつい笑う。

「デパートは地下まで明るいじゃないですか。それはやっぱりいいですよ。で、散歩のつもりで歩いてるうちに、パン屋さんでパンを買っちゃう。田口さんのお店でも、行くたびに買ってます。メロンパンではベストかも。サックサクでうまいんですよ。正直、ちょっと高いけど」

「そういうかたがもっと増えてほしいです」

「僕らの世代だと少ないですもんね、デパートで買物をする人は」

「はい。残念ながら」

「田口さんはどうでした？　子どものころ、行きました？」

「行かなかったほうでしょうね。母親も、大型スーパーの婦人服で充分てタイプでしたし」

「でも田口さん自身は、デパートに入社したんですね」

「そうですね。仕事がわかりやすそうだったので、わたしにもできるかと思って。できませんでしたけどね。股下80を、70と書いちゃいましたし」

「もう忘れましょうよ」と亮介は笑う。「それを言われると、自分がそれをネタに田口さんを脅《おど》して映画に連れ出したような気になります」

「すみません。そんな意味では」

「ついでに訊きますけど。田口さんは、もとから田口さんですか？」

「はい？」

「結婚して、田口さんになられたんですか？」

「あぁ。そうです。もとは滝本でした。結婚して田口。夫も同じ会社です」

「ということは、ご主人もあの建物に？」

「はい。どちらも担当は売場なので」

「その売場まで同じってことは、ないですよね？」

「それはないです。婦人服にいますよ。夫が婦人服で、妻が紳士服」

「ほかにも結構いらっしゃるんですか？ ご夫婦でというかたは」

「多くはないけど、いますよ。周りの人たちは気をつかうかもしれませんね。どちらかの前でどちらかの悪口は言えないですから」

店で貢の悪口を聞いたことはない。ほかの人の悪口なら聞いたことがあるが、貢のはない。だから誰にも悪口を言われてない、とは思えない。わたしだって言われているはずだ。反対に、人が貢をほめているのは耳に入ってくる。たいていはわたしの前で直接ほめる。田口くん、がんばってるね、とか、サッカーうまいらしいね、とか。仕事のことよりはサッカー絡みのことのほうが多い。

空いたお皿が下げられ、食後のコーヒーが運ばれてくる。亮介は砂糖とミルクをわりと多めに入れる。わたしはミルクを少しだけ入れる。

迷った末、わたしは亮介に貢のことを話す。貢がサッカーをやっていたこと。今もやっていること。大学時代はキャプテンであったこと。会社でも部に入ったこと。その部が去年つぶれてしまったこと。でもそれをきっかけにプロを目指すチームから声がかかったこと。わたしに相談せず、入団を決めてしまったこと。その件でちょっとギクシャクしていること。いや、ちょっとじゃなく、かなりギクシャクしていること。何だろう。思いのほかスラスラ言えた。訊かれたので、カピターレ東京というそのチーム名まで明かした。

「男の人は縦のつながりに弱いんですかね」と亮介に言う。「学校の先輩だの何だのって」

「大学の体育会なら、それも少しはあるかもしれません。人によるとは思いますけどね」

「もう三十一歳ですよ。自分がプロになれるわけでもないのに、本気でサッカーをやります？」

「プロにならなきゃいけないなら、むしろやらないいんじゃないですかね。プロになるなら、そのときは仕事をやめなきゃいけないだろうし」

「それはそうですけど」

「単純にサッカーをやりたいんじゃないですか？　スポーツをやってなかった僕が言うのも何ですけど、うまい人が高いレベルでやりたくなるというのは、わかる気がしますよ。映画だって、いいものを観たらもっといいものを観たくなるし。興味とか熱意っていうのは、そんなふうにして続いていくんじゃないかな。続けようとしなくても、勝手に続いちゃうんですよ」

勝手に続いてしまうのなら、ちょっと厄介だ。もう三十一歳なのだから、どこかで断ち切る気概も必要だろう。三十一歳を控えたわたしはそう思ってしまう。

「天野さんは、どんなお仕事をなさってるんですか？」

「普通の会社員ですよ。文具会社の企画広報課というところにいます」そして亮介は社名を挙げた。有名な文具会社だ。「本社は京橋です」

「あぁ。だから近いんですね」

「はい。歩いて五分ぐらいです」

「企画広報って、何をなさる部署ですか？」

「何でもやりますよ。広報に宣伝、それに販促的なことまで。課名は、あってないようなもんです。雑誌に広告を載せたり、新製品が出たら、営業とはまた別に企業や学校にＰＲに出向いたり。ほんと、いろいろです。ウチの会社は、若い社員にもわりと権限を持たせるんですよ。その代わり責任も持たせますけど」

「ボールペンを、よくつかわせてもらってます」

「そうでしたね。売場でもつかっていただいてました。僕が配送伝票を書くのにつかったのもウチのボールペンでしたよ」

「あぁ。そういえばそうだったかも」

「会社さんにまとめて納品できるのは営業担当者が努力してるからですけど、でもそこに持っていくには、やっぱり社名や商品名を常日頃から知っといてもらわなきゃいけない。そのために僕なんかが動いてる感じですかね」

なるほど、とわたしは小刻みにうなずく。

「これからもウチの製品をよろしくお願いします。デパートさんも、田口さんご自身も」

「こちらこそ、よろしくお願いします。つかわせてもらいます」

午後二時半。お店はさらに空いてきた。食事をしているお客さんはもうほとんどいない。それでも何人かは新たなお客さんが入ってくる。カフェとして利用されてもいるらしい。

「コーヒーをもう一杯どうですか？」と亮介が言う。「僕は飲みたいですけど」

「じゃあ、わたしも」

ということで、お代わりを頼んだ。今度はエスプレッソにした。カップが下げられ、新たなカップが運ばれてくる。亮介は砂糖を少しだけ入れる。わたしは何も入れない。

貢が来たりしないだろうな、と、ふと思う。たまには、上司や営業さんと打ち合わせがてら外に出ることもあるらしいのだ。来たら来たでいいかな、とも思う。連れがいたらいやだが、一人ならいい。わたしは大してあせらないような気がする。何なら隣のテーブルに貢を招くかもしれない。そして亮介を紹介するのだ。お世話になってるお客さま、と。

「カピターレ」とその亮介が言う。「イタリア語ですよね。もしかして、首都って意味ですか?」

「そうらしいです」

「カピターレ東京。いい名前だな」

「そう、なんでしょうか」

「覚えやすくて、親しみやすいですよ。半濁音のピがいいのかな。発音したくなるし、意味を知りたくもなる。言われてみれば、東京の中心部にプロのサッカーチームはないんですね。野球チームは二つもあるのに」

「その二つがあれば充分てことじゃないですか?」

「野球とサッカーはファン層がちがいますよ。両方好きな人も多いけど、好きの度合いはちがうんじゃないかな」

「東京にチームができたとして、人気、出ますか？　サッカー以外のものがもう何でもあるのに」

「強くて魅力的なチームなら、たぶん、人気は出ますよ。ブランド戦略が大事でしょうね。その意味では、大学を基にしたっていうのはうまいやり方だと思いますよ。ご主人が出られた大学ならブランドとしての価値は充分です。結局、人はブランドが好きですからね。特に東京の人は。だから、都知事にも有名な人ばかりがなるんだろうし」

亮介がエスプレッソを飲む。わたしも飲む。苦い。でもおいしい。

「カピターレ東京、強いんですか？」と訊かれる。

「今四位とか、そのくらいです」と答える。「まずはリーグ戦で三位になる必要があるみたい。それでナントカいう関東の大会に出て、そこで二位になれば一つ上のリーグに行ける」

「リーグ三位だけじゃダメなのか。キツいですね」

「今年はそうらしいです」

正直、興味はない。どうでもいい。が、やはり調べてしまう。店で誰かに訊かれたときに、知りません、と答えるのも印象が悪いので。

「チーム、ここまではすんなりきてるんですか？」

「東京都の四部から始まって、一年で一つずつ上がってるみたいです。それで、今が一部」

「毎年、各リーグで一位か二位になってきたということですよね？」

「たぶん」

「それはすごいな。まあ、上を目指すチームはそこで足踏みをしてられないんでしょうけど。そんなチームに声をかけられたんだから、ご主人はかなりいい選手なんですね」

「どうなんでしょう」

「カピターレ東京。おもしろいな」

「おもしろい、ですか？」

「おもしろいですよ。例えばサッカーチームのユニフォームの胸にウチのロゴマークが入ってたらおもしろいと思いませんか？　文化系と運動系。でも運動系の人たちだって、筆記具はつかいますからね。そこへのこだわりはなさそうな分、いいアピールになるかもしれない。うまくとりこめるかもしれない。田口さんは、試合を観に行ったことありますか？」

「いいえ、ないです」

「一度もですか？」

「はい。試合は日曜なので、行けないんですよ」

「あぁ、そうか。デパートですもんね。ご主人は、休まれるわけですか」

「そうですね。よくないことを言われてなきゃいいけど」

「言う人は言いそうですね」

「はい」

まずわたし自身が言っている。三十一にもなって何をしているのかと。店ではなく、家で。いや、最近は家ででもなく、心のなかで。

「でもすごいですよ。仕事のほかにそんなこともやってるなんて尊敬します」

わたしなら、そこできっぱり身を引ける人こそを尊敬します。

とは言わない。

言いたいけど。


亮介と二人で映画を観たからどうということはなかった。夜、自宅で貢と顔を合わせたときも平常心でいられた。一夜が明けた今も、やはり罪悪感はない。こうして売場を歩いていてもそう。昨日、男の人と歩いてなかった？　と誰かに声をかけられるのでは、とビクビクしたりもしない。かけられたらかけられたで、なじみのお客さまとバッタリ会っちゃって、とすんなり返せると思う。

通路の先に一体のマネキン人形が見える。宮地清美さんが担当するブランドの売場に立つマネキンだ。淡いブルーのサマージャケットに白のパンツを合わせている。悪くない。日焼けした男性ならよく似合うだろう。

ただ、ちょっと邪魔だ。先週からそう感じていた。売場の部分改装を経て、そのマネキンがそこに置かれることになった。スペースの関係からしてそうなるのはしかたない。が、通路にはみ出しているわけでもないのに、何か邪魔。

あぁ、そうか、と気づいた。こちらから歩いてくると、肝心の売場が見えにくくなるのだ。つまり、そのマネキンで大いにアピールしたい清美さんのブランドの売場が。

一度前を素通りし、逆向きに歩いてみた。そしてさらにもう一往復。

「綾さん、何してんの？」と清美さんに言われた。

「このマネキン、邪魔じゃないですか？」

「いや、邪魔って」

「着こなしはいいんだけど、場所がよくないかなぁって」

「そう？」

「エスカレーターのほうから歩いてくると、売場自体がちょっと見にくいんですよ。お客さまの流れはその向きだから、もったいないと思って。反対側に置いたらどうですかね。売場に食いこんじゃうけど、商品を見る妨《さまた》げにはならなそうだし」

「あぁ。それでそっちからも歩いてみたわけ？」

「はい」

「どれどれ、わたしもウロウロするわ」

清美さんも、実際に両方向から歩く。

「言われてみると、ちょっと邪魔かなぁ」

二人、通路に並んで立ち、売場を眺める。

「位置を移すとして。空いたとこはどうする？」と清美さんが言う。

「倉庫に一つワゴンがあるんですよ。それを置きましょう。腰の高さなんで、見通しはだいぶよくなるはず。黒のモノトーン。安っぽくはないから、たぶん、ここに合いますよ」

「だったらいいかも」

「さっそく持ってきます」

「でも柴山さんは？」

「今日はお休みです」

「許可をとらなくてだいじょうぶ？」

「売場をよくするのに文句を言うマネージャーなんていませんよ。わたしが明日朝イチで言っときます。試しにやってみましょう。ダメなら戻せばいいんだし」

「了解。売場に綾さんがいてくれて、ほんと、たすかるわよ。麻衣子りんじゃとてもこうはいかない。仕事は全部内向き、お客さまにものを売ることなんて考えてないから。時々、本気で一戦交えようかと思うわよ。って、同じ社員さんにこんなこと言っちゃマズいか」

「聞かなかったことにします」

「さすが綾さん」

一人で倉庫に行き、ワゴンを持ってきた。キャスター付きなのでたすかった。サイズも色合いも、うそみたいにピタリと合った。清美さんと二人して笑った。初めからここ用につくられたみたい、と。

そして翌日、朝イチで柴山さんに報告した。朝礼後に、清美さんとの三人で売場をあちこちから眺め、通路を歩いてみた。

「昨日の半日でわかりました。お客さまからもそうだけど、わたしから見えるのがいいんですよ」と清美さんは柴山さんに言った。「だから早めのアプローチが可能」

「このほうがやりやすい？」

「はい」

「じゃ、これでいこう」

「いいですか？」

「もちろん。どんどん手を加えていきましょう。小さいことの積み重ねで、日々変えていかないと。そうできるのが売場のおもしろいとこよ。売場のというか、デパートの、かな。とにかく、目的はなくても店に行きたいと思ってもらわなきゃ」

「確かに、ちょっとのことでも風向きは変わりますもんね。それを見極めるのが難しいんだけど」

「読めそうで読めないのよね。でも今日のこれはいい。綾さん、ナイス！」

「ナイスって」と清美さんが笑う。「柴山さん、古っ！」

「じゃあ。綾さん、グッジョブ！」

「それも微妙」

わたしが笑う。柴山さん自身も笑う。

館内に音楽が流れだす。

午前十時。開店。

届く、と思ったボールに届く。頭を越されない。空中で相手フォワードと競《せ》り合《あ》う。自分の頭にボールを当てる。競り勝つ。

どんなボールであれ、相手が狙ってくるなら必ず競る。邪魔をする。自由にプレーをさせてはいけない。シュートを打たせてはいけない。とにかく競ることが大事。

競り合いは、たいていディフェンダーが勝つ。理由は簡単。有利だからだ。自分に向かってくるボールは対処しやすい。そのボールを自分たちのゴールから遠ざければいい。相手フォワードは、ゴールにボールを入れなければならない。的が遥かに小さい。だからディフェンダーが有利。

だがいいフォワードは、一度のチャンスをものにする。そしてディフェンダーは、一度のチャンスをものにされただけですべてが台なしになる。そこまでゼロに抑えたことはほめられるべきだが、現実にはほめられない。失点したことを重く見られる。

そうならないために、今日もおれは競る。一度も負けないつもりで競りまくる。体はだいぶ動くようになった。走り負けないようにもなった。拓斗とのコンビもよくなってきた。マークの受け渡しもスムーズにいく。意識しなくてもやれる。体が勝手に反応する。

ウチは今四位。今日の相手は首位。上を目指すチームではない。去年までおれがいたような、一企業の部のチームだ。だからこそ、負けられない。長身のフォワードがいるが、足もとの技術はないので、そうこわくもない。自称百八十センチ、実は百七十九センチのおれよりも、五センチは高い。だがヘディングの競り合いでも負けない。ジャンプ力はおれのほうが上だ。ただ、ヘディングの際に頭を振ってくるから、気をつけなければいけない。ボクシングでもそうだが、頭と頭がぶつかると、その箇所は簡単にパックリ切れるのだ。血がかなり出る。ダラダラ流れもする。

まあ、血が出るのはいい。経験ずみ。慣れている。試合中は昂《たかぶ》っているので、痛みもそうは感じない。だがおれは百貨店の社員だ。頭に包帯を巻いたり眉の上に大きなガーゼを貼った状態で売場に立つわけにはいかない。それなら手足の骨折のほうがまだましだろう。頭や顔の傷はマズい。ケンカや暴力といった不穏な事態を連想させる。眉の上にガーゼの男から婦人服を買いたいとは誰も思わないだろう。

とはいえ、試合中はそこまで考えない。考えるようではダメだ。まちがいなく、出足は鈍る。そこはしみついている。ケガをおそれたプレーこそがケガにつながることを、体が知っている。

疲れの見える長身フォワードが競らなくなってきたので、おれは胸でトラップした ボールを足もとに落とし、中盤にフリーでいた明朗に長めのパスを出した。それがうまく通り、明朗は素早く前を向く。フォワードの新哉と圭翔が走りだす。ほぼ同時に、相手ディフェンスの裏へと抜ける。明朗がスルーパスを出したのは圭翔だ。おい！　と新哉が声を上げる。こっちだろ、というわけで。

ボールを受けた圭翔は、ペナルティエリア内へと進入する。そして相手センターバックを抜きにかかり、倒される。主審の笛がピッと鳴る。ＰＫだ。後方、おれの位置からでもわかる。今のは完全なファウル。センターバックにはイエローカードが出された。レッドでもおかしくないが、イエロー止まりだ。

ＰＫはいつものように明朗が蹴る。と思いきや、明朗はキッカー役を新哉に譲る。ボールを差しだすことで、その意を示す。新哉の、おい！　におそれをなしたわけではない。単純に、配慮したのだ。ここはリーグ八試合めでいまだ無得点のフォワード新哉に蹴らせようと。情けをかけるのでなく、きっかけを与えようと。

新哉がそれを断った。ボールを受けとらず、ペナルティエリアの外に出ていく。だったら自分が、とばかりに圭翔が歩み寄る。

「明朗、いけ！」との指示が、ベンチの監督から出る。

開幕からここまで、新哉のプレーは決して悪くない。やや強引なきらいはあるが、荒々しく見えて実は繊細なボールタッチなど、さすがと思わせる部分も多い。だがやはり数字はもの足りない。元プロ選手が下部リーグでそれ。本人も自覚しているだろう。

新哉に断られたことでの動揺も少しはあったはずだが、明朗は冷静にＰＫを決めた。キーパーを左に跳ばせ、ボールをゴール右隅に蹴り入れた。

その後もウチは攻めつづけた。ピンチというピンチはなかった。そして試合終了の笛を聞いた。一対〇。リーグの第三戦と同じ、ＰＫによる一点のみでの勝利。だがあぶなくはなかった。むしろ手応えがある試合だった。それでウチは一気に二位に上がった。昇格に近づく、大きな勝利だ。

試合後に明朗と新哉がもめるようなこともなかった。そこは大人。どちらもがさらりと流した。ミーティングで監督がその件に触れることもない。次だぞ、次、と監督は言った。今日勝って次負けたら何の意味もない、ゆるめるなよ。うぃっす、と皆が応じた。

勝った。この試合に出てよかった。そう思った。出られない可能性もあったのだ。

婦人服部は、百貨店のなかで最も規模が大きい部署だ。売場面積を見ればわかる。店によっては、三フロア、四フロアを占めたりする。催事も多い。七月と十二月には、婦人全体での大催事がある。その大催事と今日の試合が重なった。もちろん、初めからそうなることはわかっていた。催事は週単位でやるし、一日は必ず日曜が入る。重ならないわけがない。

その催事中は勘弁してくれよ、と中尾さんには言われていた。仕事に出ろよ、ということだ。シフトを決める前までは、まあ、どうにか、などと言ってごまかしていた。決めるときに、出られません、とはっきり言った。

「は？」と言われた。「おいおい、それはなしだろ。仕事とサッカーのどっちが大事なんだよ。どっちで給料をもらってるんだよ」

「すみません」と謝った。「それは本当に申し訳ないと思ってます」

「思ってるなら、出ろよ。行動で示せよ」

黙った。何も言えなかった。返す言葉がないということを、行動で示した。水越専務に認められてますから、とはもちろん言わなかった。それだけは言わないつもりでいた。中尾さん自身、不可との判断は下さなかった。その程度のことで上に盾つく気にはならなかったのだろう。

翌月曜。その中尾さんを含む売場の全員に謝った。先輩後輩を問わず、一人一人にだ。何人かには、勝ったんですか？ と訊かれ、おかげさまで、と答えた。なかには、二位じゃないですか、と言ってくれた人もいた。黒須くんだ。

大催事なので、月曜とはいえ忙しく、倉庫に行かされたりもしなかった。開店からずっと売場でお客さまに応対した。だが中尾さんにはこう言われた。

「田口くん、次の催事の売場図面は？」

「あ、今日じゅうには。昼休みに仕上げます」

「朝のうちに出してくれないと。今日が期限てのはそういう意味だよ」

「あぁ。はい」

「もし手直しが必要だと、こっちが大変なんだ。残ってやんなきゃいけないから。こんなことは言いたくないけどさ、黒須くんなら前日には出してくれるよ。で、手直しも必要ない。置けないスペースにレジを置くなんてミスもしないよ」

「すみません」とやはり頭を下げるしかなかった。

「できる奥さんに負けないようがんばれよ」

その発言は明らかに上司としてアウトだが、言えなかった。そんなことを言ったら自分がみじめになる。迷惑はかけてしまったが、試合には勝ったからいい。そう思うことにした。

数日後、珍しく綾と帰りが一緒になった。その週はシフトが同じだった。ともに早番。チームの練習がある火、水、木でもない。金曜日。綾はほぼ定時に上がるが、おれは何だかんだで後ろへずれ込むことが多い。だがその日はすでに催事も終わっており、急ぎの仕事もなかったので、定時の十分後には店を出た。

東京から乗った電車が同じだった。乗っているときは気づかなかったが、ホームから階段を下りるときに気づいた。少し先に綾がいた。後ろ姿だが、そこは妻。すぐに目がとらえた。一瞬、どうしようかと思った。そう思ったことにあせった。妻だ。同じ家に住んでいる。そこに帰る。当然、一緒に帰るべきだろう。寄っていき、声をかけた。

「おぅ」

綾は振り向いて言った。

「あぁ。同じ電車？」

「うん」

「早いじゃない」

「何もなかったから」

改札を通り、駅を出る。海側、みつば南団地へと歩く。

「買物は？」と尋ねる。

「いい。ご飯は、あり合わせのものでどうにかする」

綾と並んで歩くのは久しぶりだな、と思う。そう言ってみようかな、とも思う。先に言われる。

「出勤を断ったの？」

「え？」

「出勤を断って試合に出たの？　こないだ」

「あぁ。断ったということでもないよ。一応、試合の日は休んでいいと言われてるし」

中尾さんには言わなかったが、綾にはそう言った。すでに何度も言っていることだ。

「普通、言うよね」

「ん？」

「仕事に出ろって。大きい催事なんだし」

「でも」

「強く断ったんでしょ？　絶対に出ませんて」

「そんなことないよ。強く言われただけ。強く言い返してはいない」

「そう聞いたけど」

「誰に？」

「いろんな人に」

「いろんな人って、誰？」

「婦人関係の人。あと、ほかの売場の人からも」

「ほかの売場って。何だ、それ」

話に尾ひれがついて広まっているらしい。それがフロアを越えて綾にも伝わったのだ。

「誰が言いだすんだろうな、そういうことを」

綾は応えない。応えなかったのだとおれが判断するに充分な間をとってから、言う。

「普通の人はおかしいと思うんだよ、やっぱり」

「何を？」

「会社員が一番忙しいときに会社を休むことを。会社を休んでほかのことをすることを」

「普通の人って、誰？」

「ごく普通にきちんと働いてる、ごく普通の人。世の中の大多数」

同じ家に向かって歩く二人の会話じゃないな、と思う。おれたちはこれから同じ家に帰り、同じテーブルで夕食をとり、同じ部屋で寝るのだ。なのに、同じ家に向かって歩く今の時点でこの感じになっている。こんなことが、もう半年も続いている。

七月。さすがに暑い。まだ梅雨は明けないが、雨はそう降らない。渇水がどうのとテレビのニュースでやっている。湿度が高い。空気そのものがベタついている。この先梅雨が明けても、ベタつきは残る。

　八月に二週ほどリーグの中断期間があるが、それだけだ。あとはずっと試合がある。夜の試合もあるが、昼の試合もある。ここからが勝負だ。まさに体力勝負。おれ自身、乗りきれるかわからない。試合時間が七十分だった去年のようにはいかないかもしれない。

　おれが試合に出なかったらチームはキツい。そもそもおれ自身が、退団した小林恭太のバックアップ要員だったのだ。だからセンターバックの選手層は薄い。おれに何かあったら、ボランチコンビの光と至のどちらかをセンターバックに下げるだろう。そしてボランチには、中盤ならどこでもやれる二宮要《にのみやかなめ》を入れる。

　綾がすぐ隣にいるのに、こうしてサッカーのことを考えている。マズいな、と思う。

「サッカー、そんなに楽しいの？」と訊かれる。

「楽しいからやってるわけじゃないよ」と答える。

「じゃあ、何でやるのよ」

　答えない。何でやるのか、よくわからない。やりたいから、という小学生レベルの答しか思い浮かばない。綾にしてみれば、納得できない答だろう。

公園のわきを通る。遊具はブランコとすべり台と鉄棒しかない、みつば第三公園。街灯の明かりに引き寄せられるのか、小さな羽虫が何匹も飛んでいる。その一匹が口に飛びこんでくる。反射的につばを吐く。綾とは反対側の路肩に。そして歩きつづける。しばらくして、綾が言う。

「つばを吐かないでよ」

「虫が口に入ったんだよ。ちっちゃい虫」

綾は黙っている。理由を言うのが遅すぎた。うそだと思っているのだろう。

「でも、吐かないでよ」

虫を飲みこめと？　とは言わない。いや、ほんとだよ。ほんとに虫が入ったんだよ。とも言わない。何のことはない。つばを吐いてすぐに、虫！　と言えばよかったのだ。そんな簡単なことさえ、できないようになっている。それを言わなかったことで、逆にうそを言ったようになっている。

みつば南団地が見えてくる。A棟からD棟までしかない、こぢんまりした団地だ。五階建て。一棟に四十世帯。D棟の五〇一号室が、田口家だ。結婚してからずっと住んでいる。子どもができるまでは住むつもりでいる。

「ちょっとはわたしのことも考えてよ」

「考えてるよ」

「どこがよ。ちっとも考えてくれないじゃない。職場で家族のそんな話を聞かされるとどんな気分になるか、わかる？」

「聞き流せばいいよ」

「ウチの人は仕事のことも考えてます、仕事のことも考えてボールを蹴ってますって言えばいいの？　それとも、ウチの人はサッカーが好きなんです、仕事よりも好きなんですって言う？」

「何も言わなきゃいい。笑ってやり過ごせばいい。何でもないだろ、そのぐらい」

「ほんとに何でもないと思う？」

「思うよ」

久しぶりの、何もない日。残業も練習もない日。体には疲れがたまっている。左ひざに、痛みとまではいかない違和感がある。今日はゆっくり休もうと思っていた。みつばから四葉までのランニングもなしにしようと思っていた。だが、家にいる気にはならないだろう。綾と向かい合って食事をする気にもならないだろう。綾もならないはずだ。やはり走るしかない。綾が夕食の支度をしているうちに出て、走る。綾はおれを待たず、先に食事をすませるだろう。そしておれが戻り、食事をし、食器を洗う。同じ家に住んでいながら、すれちがう。

いろいろな理屈をすっ飛ばして、おれはこんなことを言う。よせよせ、言うな、と思いつつ、言ってしまう。

「おれだって楽じゃないんだよ」

「なら、やめればいいじゃない」

やめる。もちろん、サッカーをだ。わかっていながら、おれは一瞬、仕事を、と考える。綾はすぐ隣にいるのに、距離があるように感じる。ただの狭い歩道なのに、深い溝を挟んで歩いてるように感じる。

二人、みつば南団地の敷地に入り、D棟へ向かう。

子どもができるまではここに住む。

子ども、できるだろうか。

「俊平くんは入社当初から食品部にいました。よく動く社員だなと感心して見ていたのを覚えています。よく動く。言われなくても動く、ということです。食品はその性質上、商品自体がよく動きます。缶詰などの賞味期限が長いものもありますが、短いもののほうが多いです。そうした商品をどうまわしていくか、どうさばいていくか。俊平くんは新入社員のときからそんなことを考えていました。わたしもよく質問を受けました。すぐには答えられないこともありました。そんなときは、調べて答を返すようにしました。今思えば有意義な時間でした。上司という立場ではありましたが、部下によって自分が鍛えられることもあるのだと知りました。その後、俊平くんは外商に出てしまいますが、そこでも持ち前の探求心を活かして大いに活躍したようです。わたしもおかげさまで部長となりまして、さあ、これからの食品部をどうするか、と考えたときに、頭に思い浮かんだのが俊平くんのことでした。会社も売場も、常に先を見ていかなければいけない。将来のリーダーとなり得る人材が必要だ。そう感じたわけです。人事の生臭い話をこんな場でするべきではないかもしれませんが、そこはご容赦《ようしゃ》いただいて。若松俊平くんを食品部に戻してもらえないだろうかと、わたしは人事に頼みこみました。もしかすると俊平くんは、外商でもう少し自分の力を試したかったかもしれません。それでもわたしは彼を戻したいと思いました。食品部には彼の力が必要だと確信したからです。その選択がまちがいでなかったことを、今、確信しています。わたし自身は先《せん》だって食品部を離れ、店全体を見る立場になりましたが、やはりどうしても古巣の食品部には目がいきます。そして俊平くんがそこにいてくれることに安心します。ただ、未来を切《き》り拓《ひら》いていくのは俊平くん自身です。自身の未来も、会社の未来も、どうか切り拓いてください。俊平くんならやれると思います。ただしそのためには、香苗さんの力も必要だと思います。ご結婚後も、香苗さんは引きつづき我が社で働いてくださるとのこと。うれしい限りです。会社と若松家。大きな一つのファミリーとして、ともに歩んでいきましょう。俊平くん、香苗さん。ご結婚おめでとうございます」

大きな拍手を受けて、主賓あいさつは終わった。茂木《もぎ》専務。おれと綾の披露宴では水越専務が主賓を務めてくれたが、今日のこの披露宴では茂木専務が務める。部下への厚い信頼が伝わる、いいあいさつだったと思う。起きた拍手の大きさがそれを物語っている。もちろん、おれも拍手をした。おれだけではない。綾もだ。そう。綾もいる。新郎同僚席。おれの隣に座っている。披露宴に俊平を呼んだから、俊平も、夫婦で呼んでくれたのだ。

正直に言うと、タイミングは悪かった。最悪だ。もちろん、俊平のせいじゃない。おれのせい。

おれだって楽じゃないんだよ。

なら、やめればいいじゃない。

そんな言葉をぶつけ合ってから、おれたちのよくない状態は続いている。その前からすでによくはなかったが、はっきりと悪くなっている。会話はほとんどなくなった。ない状態が、常態になった。おれは、今日メシいいから、や、日曜は十時に出るから、と必要最低限のことだけを言う。綾は、休みは木曜だから、や、明日燃えないごみだから、とやはり必要最低限のことだけを言う。お互い言葉は返さない。ただうなずく。それを返事に代える。

そんななかでの披露宴出席は、さすがにキツい。だが一方では、それをきっかけに口をきくようになるのではないかとも思った。期待したわけではない。ただ思った。

実際、口はきいた。人の目があれば自然にそうなるのだとわかった。といっても、やはり必要最低限。うなずきでなく、言葉で返事をするようになっただけ。

「香苗さん、きれい」

「うん。話したことは？」

「ある」

「そうか」

といった具合。

綾は明るいグレーのパンツスーツ、おれは黒のスーツを着ている。どちらも、去年、互いの売場で買った。綾のものもおれのものも、綾が選んだ。

おれのを買うときは綾の売場に行き、現物を見せてもらった。フォーマルではない黒。真っ黒ではない黒。仕事にもつかえるからこれがいいと思うんだけど、と綾は言った。確かによかったので、それでいいよ、と言った。体にも合った。少し値段は高いが、サイズは柔軟に対応しているのだという。実際、下は普通に裾上げをするだけ、上は袖を少し直すだけですんだ。

綾のパンツスーツも同じ時期に買った。今度は綾がおれの売場に来た。婦人服部の所属でありながら、おれは見立てに自信がない。だから何をすすめるでもなく、好きに選んでもらった。これとこれならどっちがいい？　と訊かれ、こっち、と答えた。わたしはこっち、と綾は言った。決めてるなら聞くなよ。意見を聞いたうえで決めたいのよ。あとで売場の増渕葵からは、田口さんと奥さん、結婚前のカップルみたいに見えましたよ、と冷やかされた。

若松俊平と米沢香苗は三歳ちがい。香苗はおれたちの披露宴に呼んでない。そのころはまだ俊平と付き合っていなかったからだ。綾が香苗と話したことがあるというのは意外だった。綾は紳士服で、香苗は呉服。フロアがちがうと、意外に接点はないものだ。以前同じ売場にいたこともないはずだから、俊平と香苗の結婚をきっかけに、どちらかが声をかけたのかもしれない。

と、そんなことを考え、苦笑する。直接訊けばいいのだ、綾に。

おれの反対隣には、柳瀬研吾がいる。仁科里乃と離婚した、研吾だ。その隣には、横井春菜もいる。一度カピターレ東京の試合を観に来てくれた、春菜だ。同期代表のあいさつはおれがやることになっている。できれば少しサッカーのことを話してほしいと言われているので、それを前面に押しだすつもりでいる。結婚のことや夫婦のことは、綾の手前、サッカーのこと以上に話しづらいから。

乾杯がすむと、すぐにケーキ入刀。そこでは皆がスマホで写真を撮った。撮らないのは失礼かと思い、おれも撮った。同じことを思ったのか、綾までもが撮った。

それからはビールを飲み、次から次へと出されるコース料理を食べた。料理の名前はいちいち長いが、どれもうまかった。さすが銀座のホテル。さぞかし費用がかさむことだろう。現に俊平も言っていた。かなりがんばったよ。見積もりを見たとき、マジで？　と思った。新婚旅行のとりやめを考えたくらいだよ。

もちろん、とりやめなかった。旅行先はヨーロッパ。ドイツとフランスとスペインだ。バイエルンとパリサンジェルマンとバルサの試合を観てこいよ、と言ったら、俊平はきょとんとした。あ、でもまだ開幕してないか、と言ったら、さらにきょとんとした。サッカーにはあまり興味がないのだ。

綾の反対隣には、俊平の外商時代の先輩、蓮沼豊人《はすぬまとよひと》さんがいる。入社後三年で外商に出て、今もそこにいる人だ。担当のお客さまをよく紳士服の売場に連れてくるらしく、綾とは顔なじみ。だから気軽に話をする。

おれはと言えば、研吾と話をする。

「ほんと、いい嫁さんを見つけたよな」と研吾はビールを飲みながら言う。

「奥さんも、いいダンナを見つけたよ」とおれもビールを飲みながら返す。

「確かにそうだ。あの二人なら、離婚しないほうに百万賭けられるよ」

「何だよ、それ」

「相手が誰だろうと、俊平なら賭けられるよな。あいつは別れないだろ。人を傷つけないというか、誰も傷つかない方向にうまくもっていきそうだ」

「それはそうだな。でもおれなら百万は賭けない」

「配当が低いから？」

「いや。そういうことに絶対はないから」

「おいおい、何だよ。意味深《しん》だな」

「いや、ちがうちがう」とあわてて否定する。「研吾を見てるからだよ。研吾のときも、この二人はうまくいくと思ってたから」

「マジで？」

「マジで」

「まあ、そうか。おれ自身、そう思ってたからな。というか、全員そう思ってるんだよな、結婚するときは。おれらヤバいんじゃないか？　と思いながら結婚するやつもいないだろうし。初めから財産狙いみたいなやつでもない限り、思うよな」

「よかったよ、自分に財産がなくて」

「おれも。慰謝料二億とか、キツいもんな。二百万、いや二十万だってキツいのに」

「生々しいよ」

「結婚して、やめて、金とられる。すごいシステムだよな。しかたないけど」

「ちょっと」と春菜が苦笑混じりに言う。「人の披露宴で慰謝料の話とか、よしなよ」

「あぁ、そりゃそうだ」と研吾。「けどそんな話で揺らぐ俊平じゃないだろ。それで揺らぐぐらいなら、初めからおれを呼んでない。春菜もさ、俊平みたいなやつを見つけて早く結婚したほうがいいぞ。もう三十。いい人材は市場からどんどん減ってくから」

「三十一になっちゃったよ、わたし」

「ならなおさら急げ」

「ねぇ、それって相当なセクハラだからね」

「平気平気。相手がそう感じてなければセクハラじゃないって」

「感じてるっつうの」

「感じてたらそんなふうに笑ってられないっつうの」

「わたしだからいいけど、ほかの子にそんなこと言ったらアウトだから気をつけなよ」

「だいじょうぶだって。ちゃんと人を見て言ってるから」

「失礼！」

笑った。少し気が和む。この場に研吾と春菜がいてくれてほっとする。

お色直しのために退場していた新郎新婦が戻ってくる。皆がスマホで写真を撮る。

今回はいいかと思い、おれは撮らない。同じことを思ったのか、綾も撮らない。研吾と春菜は撮る。

新郎新婦が席に着くと、余興《よきょう》が始まった。俊平と香苗の学生時代の友人たちが、うたったり踊ったりする。そう。香苗の高校時代の友人たちは、本当に踊った。香苗はダンスの同好会にいたのだ。当時は同好会だったが、今は部になっているという。二十七、八歳の女子たち。まだ体のキレはよかった。軽快な曲に乗って、見事なダンスを見せた。四人の動きがブレない。充分、現役感があった。予想を遥かに超える出来に、各テーブル席から大きな拍手が起きた。

感激のあまり、香苗はウルウルきたらしい。俊平が笑顔でハンカチを渡していた。

おれと綾もあんなだったろうか、と思う。あんなだったろう、と思う。付き合ってから結婚するまで、危機のようなものはなかった。小さなケンカはしたが、大きなケンカはなかった。小さなケンカをしても、すぐに仲直りをした。そんなときは、店からの帰りに待ち合わせて食事をした。シフトがちがうために片方が二時間待つこともあった。だがそこは銀座。時間は簡単につぶせた。そして二人、高い店には入らず、安い店に入った。百貨店は給料が高くない。綾は身をもってそれを知っているので、おれも楽だった。変に金を持ってるふりをせずにいられた。ちょっとは持ってるふりをしなよ、と綾に言われたこともある。

日比谷公園でプロポーズをした。合わせてとった休日。映画を観てから、散歩をした。そこで言った。そのあとの食事の席でしようと思っていたのだが、先にしてしまった。

「結婚しよう」

それだけ。

「サプライズとかないの？」と言われた。

「そういうの、好きじゃないでしょ」と言ったら、綾は笑っていた。「で、結婚してくれるの？」

「うん。しますよ」

あっけなかったが、うれしかった。二十八歳。思ったより早かった。男の平均初婚年齢は三十すぎ。自分もそのあたりだろうと予想していた。だが、いい。それ以上待つ必要もないのだ。どんなに待ったところで、先に控えるのは結婚しかない。そんなふうに思えた。今は、結婚の先に控えるものもあることを知っている。結婚したからこそ、知っている。そこに向かいたいわけでは、もちろん、ない。ただ、存在そのものは意識せざるを得ない。

研吾にビールを注がれる。綾は蓮沼さんのグラスにビールを注いでいる。それを見て、大して減ってない綾のグラスにビールを注ぐ。

「ありがと」と言われる。

俊平の大学時代の友人二人が、マイクの前で漫才のまねごとをしている。下手は下手だが、それなりにウケている。お笑い芸人の流行《はや》りネタをいくつもとり入れているらしい。テレビを見る時間がないおれには、その元ネタがわからない。

大学生のころもテレビはそんなに見なかったが、流行りものぐらいは知っていた。お笑いに限らず、売れている曲も、歌手も。マンガも、映画も。だが三十路に入って、これはまったく知らないというものが増えた。売場の増渕葵に、それ、何？　と訊いてしまい、知らないんですか？　と驚かれることがある。どうすれば知らずにいられるんですか？　と言われることさえある。

結局、興味がなくなってしまうのだと思う。昔から興味はなかった。だがアンテナは立てていた。そのアンテナの感度が下がってきたのだ。最近は、サッカー選手を知らないこともある。もちろん、メッシやクリスティアーノ・ロナウドは知っている。ネイマールにスアレス、ベイルにアザールも知っている。だがポグバを知らなかった。こないだチームメイトに言われた。ボランチの光にだ。

「サッカーをやっててポグバを知らないって、貢さん、それヤバいですよ」

「今、何歳？」

「確か、二十三ですかね」

「じゃあ、知らないよ」

「いやいや。年齢の問題じゃないですよ。ユーヴェでかなり活躍してます。近々移籍するんじゃないかな」

要するに、おれはプレーすることにしか興味がないのかもしれない。サッカーは好き。テレビで試合をやっていれば観る。だがわざわざ録画してまでは観ない。衛星放送の契約をしてヨーロッパの好きなチームを追いかけもしない。それじゃいけないのだと思う。サッカー選手としてでなく、百貨店の社員としては。広く浅くでもいい。多くの事柄に興味を持つことが大事なのだ。おれにはそれがない。たぶん、初めからなかった。

綾は、相変わらず蓮沼さんと話している。百貨店あるある、もしくは売場あるある、外商あるある、のようなことを話し、笑っている。おれが目を向けたことに気づいた蓮沼さんが言う。

「田口くん、サッカーはどう？」

「はい？」

「サッカー、やってるんだよね？　プロを目指すチームで」

「あぁ。はい。チームがプロを目指してるだけで、僕が目指してるわけではないですけど」

綾が隣にいるからか、そんな言い訳めいたことを言ってしまう。

「外商にもサッカー好きはいるからさ、たまに話が出るよ」

「そうですか」

「最短ならどのくらいでなれるの？　プロに」

「今年を入れて四年、ですかね。順調に行った場合ですけど。スタジアムを用意できるかとか、そういう運営面は抜きにして」

「毎年リーグのレベルは上がっていくわけでしょ？　結構しんどいね、それ」

「そう思います」

「今年はどうなの？」

「今、三位です。このままなら、関東各県のチームが集まるトーナメントに進めます。そこで二位になって、やっと昇格です」

「そうかぁ。がんばってよ。応援してるから」

「ありがとうございます」

「でも奥さんは大変だ」

ひやっとする。綾はさらっと言う。

「大変です」

参っちゃいますよ、という感じ。やや笑みを混ぜている。本気に冗談を混ぜたように見せている。そして蓮沼さんのグラスにビールを注ぐ。話題を戻す。

「次の催事のときも、カツラさんを連れてきます？」

「うん。たぶん」と蓮沼さん。「カツラさんは、ほんと、催事が好きなんだよね。もうちょっとプロパーのものも買ってくれるとたすかるんだけど」

カツラさん。外商のお客さまなのだろう。桂さん、だろうか。

サッカーの話も終わったようなので、おれは新郎新婦席のほうに向き直る。今度は俊平の高校時代の友人によってうたが披露される。日本語の曲だ。聞いたことはあるが、例によって誰の何という曲かはわからない。ただ、やけにうまい。静かだが暗くはないその曲を切々とうたいあげる。

新郎新婦も神妙に聞いている。香苗が隣の俊平に語りかける。上手だね、と言ったのかもしれない。俊平がうなずく。そんな二人を見て、研吾がおれに言う。

「結婚て不思議だよな」

「ん？」

「役所に届を出すだけ。なのに、その紙切れ一枚がやけに重いんだ。で、おれみたいにこらえ性のないやつは、重みに耐えかねて、もう一枚の紙切れを出す。けど、それはそれで重い」

「柳瀬くん、酔ってる？」と春菜が言う。

「酔ってるよ。酔ってなきゃこんなこと言わないだろ」

うたが終わり、大きな拍手が起こる。香苗の知人だという、おそらくは三十代後半の女性司会者が言う。

「素敵なうたをありがとうございました。正直、わたしまでグッときております。では続きまして。新郎のご同期でいらっしゃる田口貢さまよりご祝辞《しゅくじ》を頂きます」

ここで？　と思いつつ、あわてて立ち上がる。

「田口さまは、新郎と同じ百貨店にお勤めになるかたわら、サッカーにもいそしまれております。近い将来のJリーグ入りを目指すクラブチーム、カピターレ東京で、ディフェンダーをなさっているとのこと。新郎とはお酒を酌《く》み交《か》わす仲だそうです。では田口さま、よろしくお願いします」

小走りにマイクの前に行く。一礼する。

「どうも。ご紹介に与《あずか》りました、新郎俊平くんの同期、田口です。サッカーの試合では緊張しないのに、今は大変緊張しております。ヘディングは得意ですが、スピーチは苦手なので、すみません、メモを見させていただきます」

上着の内ポケットからメモを取りだし、折りたたんだそれを開く。まずは見ずに言う。

「俊平くん、香苗さん、ご結婚おめでとうございます。これは、僕のある友人が、あるときあるところで言った言葉です。引用させてもらいます。結婚は不思議です。役所に婚姻届を出すだけで成立します。でもその紙切れ一枚が大きな意味を持ちます」

　その先は考えていなかったが、続ける。流れに乗って、言葉はスルリと出る。

「結婚は、それ自体が奇跡だと思います。人が人を認める。紙切れ一枚で、あなたのことがほかの誰よりも好きだと公的に表明する。表明してもらえる。それは、人として大きな自信になります」

　それからは、メモを見て話す。俊平から要請を受けた、サッカーのことを。綾を無駄に刺激しないよう慎重に考えてきた、今のカピターレ東京でなく去年までの部のサッカーのことを。具体的には、俊平と香苗が休みを合わせて試合を観に来てくれたことなんかを。

直感の八月

今度の映画館は銀座。店からは相当近い。そうならざるを得なかったのだ。今回もまた、そこでしかやっていなかったので。しかも期間限定。一週間の限定上映。観に行きませんか？　と電話で天野亮介に言われた。銀座の街の一夜を描いた邦画です。おもしろいですよ。亮介自身はその映画を観たことがあるが、もう一度観たいのだという。ＤＶＤやブルーレイのソフトは発売されてないらしい。だからこそ、一週間の限定上映が実現したのだ。

『夜《よる》、街《まち》の隙間《すきま》』というその映画のことは知らなかった。末永静男《すえながしずお》という監督のことも知らなかった。二年前に亡くなったのだそうだ。そんなに多くの映画を撮ったわけではない。カンヌだのどこだので賞をとったわけでもない。が、それなりに評価されてる人だという。その代表作とされているのが、『夜、街の隙間』だ。

なじみの街の風景をスクリーンで観られるのはいいな、と思い、ちょっと惹かれた。誘われたのが映画でなければ、ためらったかもしれない。何なら断ったかもしれない。でも今回も映画というのは、説得力があった。亮介とわたしは映画友だちなのだ。映画鑑賞仲間なのだ。そう考えることができた。そしてそう考えれば、映画館が銀座にあることも気にならなかった。むしろ銀座の映画館で銀座の映画を観ることは自然であるように思えた。スクリーンに映った風景が、映画館を出るとそこにある。いい。ほぼ銀座のなかだけで展開される話らしいから、もしかしたら店も映っているかもしれない。

ということで、今も亮介が右隣にいる。わたしたちは並んで映画館の座席に座り、スクリーンを見ている。今日もまた平日だが、期間限定上映だからか、座席はそれなりに埋まっている。亡くなった監督への再評価の気運が高まっているということらしい。亮介が言っていた。そうでなきゃ一週間とはいえ公開するのは無理ですよ。

前回、『豚と恋の村』のときは代休をとった亮介だが、今回は有休をとった。一週間限定でも土日は含まれるのだから、わたしを誘わなければ有休をとる必要もなかったのではないか。そう言ってみると、亮介はこう言った。田口さんと観たかったんですよ。誰かと一緒に観たくなる映画なんです。

本編上映前に流される予告編を見ているときに、ふと、先月の披露宴のことを思いだした。やはりここ銀座のホテルで行われた、貢の同期若松俊平と米沢香苗の披露宴だ。わたしたちの披露宴に貢が俊平を呼んだので、俊平も呼んでくれた。貢だけでなく、わたしまでもだ。それはそれでうれしかったが、貢とギクシャクしてしまったので、出席はちょっと苦痛でもあった。

招待状に同封された出欠確認ハガキの出席に○をつけて返送すると、後日、今は若松香苗となった米沢香苗が、休憩中にわざわざ売場を訪ねてきてくれた。そして言った。お休みのこととかでいろいろご迷惑をおかけすると思います。すみません。

社内の出席者にはそうしてあいさつにまわっているという。とても感じのいい子だった。同じく感じのいい若松俊平となら、ものすごく感じのいい夫婦になりそうな気がした。俊平には、貢のサッカーに該当するものもないらしい。仮にあったとしても、俊平なら自重するだろう。してくれるだろう。

と、そこまで考えて、思った。ではその俊平がもしも本気でサッカーをやりたいと言いだしたら、香苗はどうするだろう。俊平が言いださないことはわかっているが、万が一言いだしたら、どうだろう。やはり、受け入れないだろう。そんなことを言いださない俊平だからこそ、香苗は結婚する気になったのだ。仕事だけに真摯《しんし》に取り組んできたから、俊平は茂木専務にあそこまでほめられた。披露宴の主賓は新郎新婦を大いにほめるものだが、茂木専務のあの言葉にうそや誇張はなかったと思う。それは香苗も感じたはずだ。

新郎新婦席に並んで座っていた俊平と香苗はお似合いに見えた。まあ、あの席に座

って お似合いに見えない二人なんていない。それぞれにタキシードとドレスを着せてあの席に座らせれば、その日が初対面の二人でもお似合いには見える。わたしと貢だって、そう見えたはずだ。

あのとき、わたしは新郎同僚席に座っていた。右隣には蓮沼豊人さんがいた。売場ではない。外商の人だ。一度出て売場に戻った俊平とちがい、三十四歳の今も外商にいる。役がつくころになって売場に戻るのかもしれないが、外商でそのまま役がつく可能性もある。どっちがいいですか？　と訊いたら、やっぱり売場だよ、と蓮沼さんは答えた。外商はキツいよ。何ていうか、すり減る。削られる。

外商は法人や個人にデパートの商品を売るのが仕事だ。店に買いに来てくれるのを待つのではなく、こちらから売りに行く仕事。そう聞くだけでキツいとわかる。持たされる売上目標の数字も大きい。法人相手ともなれば、たぶん、何千万。休みもとりづらい。来てくれと言われたら、土日でも行かなければならない。行く義務はないのだろうが、そこで行かないようでは数字は上げられない。サッカーなどやる余地はない。とうてい、ない。

蓮沼さんは結婚している。奥さんは社外の人。今も働いている。ほんと、毎日すれちがいだよ、と言っていた。うまくいってはいるらしい。すれちがいだからかも、とも言っていた。すれちがいだからこそたすけ合う意識が芽生える、ということだ。でもすれちがうことでダメになる人たちもいる。夫婦それぞれ、事情はちがうのだ。事情がまったく同じでも、個々の性格がちがえば正反対の結果になることもあるだろう。

その披露宴で、貢は同期代表としてあいさつをした。もう一人の同期、柳瀬研吾が離婚経験者ということで、その役が貢にまわってきたのだ。仕事の話やサッカーの話をするだけだろうと思ったら、貢はいきなり意外なことを言った。結婚はそれ自体が奇跡だ。相手のことがほかの誰よりも好きだと公的に表明する。紙切れ一枚のことだが、人としての自信にはなる。と、そんなようなことを言ったのだ。驚いた。酔っているのかと思った。まあ、酔ってはいただろう。ビールを結構飲んでたから。

結婚はそれ自体が奇跡。ということは、すなわち。夫婦もそれ自体が奇跡。多くの人たちが結婚するのだから、大した奇跡ではない。でも紆余曲折を経て相手と知り合うのだから、まあ、奇跡は奇跡。

夫婦。他者のことを指す場合は、夫妻。スミス夫妻。田口夫妻。そういえば知らないな、と思い、ついこないだスマホで調べた。夫婦は英語で何と言うのか。

知らないはずだ。それ一つで夫婦を表す言葉はなかった。husband and wife とか、a married couple とかになってしまうらしい。ただの couple でもいいようだが、その言葉が指す二人が夫婦であることを前もって知っていなければ、ちょっとわかりづらい。例として出されていた、加藤君夫婦、が、Kato and his wife だったのには笑った。あんまりだと思って。

さすがは英語圏、個人主義の人たち。夫、があり、妻、があっても、夫妻、はないのだ。一つにまとめる必要がないということかもしれない。家族が何よりも大事だということをやたらとアピールする人たちにしては手落ちだな、と思う。血のつながりのない関係はどうでもいい、ということだろうか。そこで今度は、親子、を調べてみた。parent and child と出ていた。何だ、それもか、と思った。安心すればいいのか、がっかりすればいいのか、よくわからなかった。

何にせよ、夫婦。好きだから、結婚した。でも問題は起こる。たかだか二年でも起こる。そのときに、どうすればよいのか。

例えば夫が罪を犯したときに離婚する夫婦がいる。しない夫婦もいる。離婚しなかった妻を愚《おろ》かだと感じる人もいる。立派だと感じる人もいる。犯した罪の内容によっても変わってくるだろう。殺人なら？　クスリ関係なら？　法的に罪ではない浮気なら？　法的にも倫理的にもまったく罪ではない本気のサッカーなら？

思いだす。結婚したてのころ、みつば駅前にある大型スーパーからの帰り道。貢に尋ねたことがある。

「わたしのどこが好きで結婚したわけ？」

新婚夫婦の無邪気な戯《たわむ》れなどではない。二人での生活もとりあえず落ちついたところで、ふと訊いてみたくなったのだ。照れて答えないか、話題をかえてごまかすか。そのどちらかだろうと思ったが、貢はあっさり答えた。

「スーパーでつかった買物カゴをきちんともとに戻すとこかな」

「そこ？」

「そこ。でも重要だよ、そういうのって。おれはマナーとかにうるさいほうではないけど、それでも、スーパーで買物をしたあとにカゴを戻さないでそのまま帰っちゃうような人とは、たぶん、付き合えない」

スーパーからの帰り道だったからそんなことを思いついたのだろうが、だとしても、ちょっとうれしかった。貢自身、スーパーのカゴはきちんと戻す。何なら、ほかの人が置きっぱなしにしたものまで戻す。カゴがななめに重なっていたら、それを直してから自分がつかったカゴを戻す。最後に、重なったカゴが通路にはみ出さないよう軽くひと押しする。ごく自然にやる。貢のそういうところはわたしも好きだ。

本気でサッカーをやるからといって、そういうことをしなくなるわけではない。それはまったく別の話。いいところは評価しなきゃいけない。でも、しきれない。二つは別のことなのだが、全体として、プラスをマイナスが超えてしまう。理屈を感情が超えてしまう。

結婚したからこそ、思う。人を愛するのは難しい。愛しつづけるのはもっと難しい。知り合っていきなり愛することはできない。その人のことを知り、少しずつ好きになり、結果、愛してしまう。

一方で、人を憎むのは簡単だ。負の感情はすぐに生まれる。実際、人はちょっとのことで人を憎む。すれちがうときによけようとしなかったから、という理由で人を憎むし、ドアをバタンと強く閉めたから、という理由で人を憎む。顔を知らない人を愛することはできないが、顔を知らない人を憎むことはできる。あの人はこんなことをしたんですよ、と聞かされるだけで、その人を憎むこともできる。愛している人を、部分的に憎むことさえできる。人を愛するのは難しいが、人を憎むのはたやすい。

で、わたしは、貢を愛しているだろうか。貢との子を持ちたいと思っているだろうか。

慣れ親しんだ銀座の街を眺めながら、そんなことを考える。銀座の街。スクリーンのなかの、銀座の街。

『夜、街の隙間』には、本当に銀座ばかりが出てきた。銀座四丁目交差点。和光《わこう》の大時計が十時十分を指していた。夜。午後十時十分。話はそこから始まった。知ってる役者も出ていたが、数は少なかった。わたしにわかったのは、須田登《すだのぼる》と並木優子《なみきゆうこ》。それと、わたしが中学生のころに二十代で引退してしまった早川《はやかわ》れみ。

作品自体が一九九〇年代のものなので、須田登も並木優子も若かった。有名なその二人が主役というわけでもなかった。ジャズベーシストが須田登で、その彼女が並木優子。ほかにも何組かの男女が出てきた。小説家志望の男とフリーターの女。その女が早川れみ。あとは、タクシー運転手の女と乗客の男。お酒やら何やらで廃人寸前の洋画家の男とその元彼女であったクラブのママ。そこへ、警官の男と一匹の野良猫が加わる。

狭い銀座の街で時おりすれちがいながら、皆がそれぞれに行動する。ある者は歩き、ある者は話し、ある者は奏で、ある者は探す。野良猫は全員に絡む。街を、そして人を見つめる。誰もが、深くはつながらない。関係性も浅い。深い者たちもいるが、深かったころからはもう長い時間が過ぎている。

深夜から早朝の銀座。あまり人はいない。わたし自身、いたことがない時間帯だ。期待どおり、わたしが勤めるデパートも何度か出てきた。深夜から早朝だから、当然、閉店している。ひっそりした夜の店だ。誰も訪れない。街のオブジェとなった店。それが画面の隅々に映りこむ。

和光の大時計が四時五十分を指す。朝。午前四時五十分。そこから晴海《はるみ》通りを日比谷側に行った数寄屋橋《すきやばし》交差点。その一角に、思い思いの一夜を過ごした登場人物たちが、吸い寄せられるようにやってくる。初めてほぼ全員が集まる。

歩道で信号待ちをしていた洋画家の男が、ふらついて車道に倒れる。通りかかったタクシーがひきそうになるが、急ブレーキでどうにか停まる。乗客の男の指示で銀座近辺を一晩走りまわっていた、女の運転手のタクシーだ。車から降りた二人は、洋画家を探し歩いていたクラブのママや、駆けつけた勤務明けの警官とともに、洋画家を歩道へと運ぶ。

映画のなかの音楽として、ウッドベースの独奏が聞こえてくる。歩道に横たわっていた洋画家は目を開ける。夜も明ける。日比谷公園では、長く付き合っていた彼女とその夜に別れたジャズベーシストの男が、一人、ウッドベースを弾いている。銀座の夜の冒険を終えて帰還した野良猫が、ちょこんと座ってそれを見ている。そして映画は終わる。

泣きました！　という映画ではない。これといった見せ場があるわけでもない。街の風景がスケッチとして描かれる。それが何枚も積み重ねられていく。という感じ。やはり、さわさわと揺すられる。同じミニシアター系。でも『豚と恋の村』とはまたちがう映画だ。どちらもおもしろい。無理に言うなら、僅差でこちらの勝利。確かに、誰かと一緒に観たくなる映画かもしれない。

館内の照明がつけられる。

「おもしろかったです」と自分から右隣の亮介に言う。「というか、よかったです。

すごく」

「なら僕もよかったです。こういう映画、日本にはあまりないんですよね。たぶん、つくらせてもらえないんだろうな。どう考えてもヒットはしないから」

「そうなんでしょうね」

「マンガが原作でもいいんですけどね。実際、それでおもしろいのもあるし。でもこの手のおもしろさも、あってほしいですよね。ヒットしなくていい、採算がとれればいい、くらいの覚悟でつくってほしいですよ。まあ、その採算すらとれないってことなんでしょうけど。じゃあ、行きますか」

「はい」

席を立ち、映画館を出る。前回同様、午後一時すぎ。今の映画とは打って変わった真昼の銀座だ。平日でもどこか華やかな銀座。映画館の前のこの細い通り、そして映画館自体も、映画には何度か登場した。登場人物たちは、区画された各通りを、本当に何度も何度も歩いたから。

何よりも驚いたのは、日比谷公園が出てきたことだ。大きな花壇の前。そこでジャズベーシストがウッドベースを弾いた。そのわきに映っていたベンチで、わたしは貢にプロポーズされたのだ。結婚しよう、と。何のひねりもない言葉で。

「今日はご飯、どうしましょう？」と亮介に訊かれ、

「おまかせします」と答える。

「何でもいいですか？」

「はい」

「韓国料理でも？」

「いいですよ」

「じゃ、そうしましょう」

前回は、『豚と恋の村』に、主役の少年がスパゲティを食べるシーンが出てきた。それでスパゲティが食べたくなったと亮介は言った。そのことを思いだしたので、こう尋ねてみる。

「今の映画に、韓国料理とか出てきましたっけ？」

「出てきてないです。単にお腹が空いたから、がっつり食べたくなりました。そこはサラダとかキムチが取り放題なんで。そんなお店ですけど、いいですか？」

「はい」

亮介がわたしを連れていったのは、店からもう一本離れた通りにある韓国料理屋だった。前回のイタリアンもくだけていたが、そこはさらにくだけていた。屋台をイメージした感じで、思いのほか広い。ランチタイムのピークは過ぎていたが、人はかなり入っていた。女性も多い。四人が座れる銀色の丸テーブル席、その一つに案内された。背もたれのない丸イスのわきに、荷物入れのカゴが置かれている。

どれもそこそこ量が来ますよ、と亮介が言うので、お肉関係の定食ではなく、冷麺を頼んだ。亮介は豚丼だ。ご飯は無料で大盛にできるんですけど、サラダなんかもあるんでやめときます、とわたしに説明した。

そのサラダなどをビュッフェコーナーに取りに行き、テーブル席に戻った。亮介の皿は二枚。片方には生野菜とチヂミ、もう片方にはキムチとナムルがたっぷり盛られている。注文した品もすぐに来た。わたしの冷麺はともかく、亮介の豚丼は確かに存在感があった。大きなどんぶりのご飯に、ペラペラでない豚肉が何枚も載っていた。牛丼屋さんの豚丼とはちがい、どっしりしている。

それぞれにいただきますを言って、食べはじめる。まずは映画の話をした。

「この再上映を機にブルーレイを出してくれたら、やっぱり買っちゃうかもしれないな」と亮介が言う。

「わたしも」と同意する。「夜の銀座の風景を何度も観たくなりそう。だから、天野さんが買われたものを借りるんじゃなく、わたし自身が買いますよ」

「まあ、そうですね。この先いい映画をつくってもらうためにも、僕ら消費者がきちんとお金を出すべきだ」

亮介はおいしそうに豚丼を食べる。おいしそうにものを食べる人はいい。それは貢にも感じていた。スーパーの買物カゴの件と同じ。そういうことは案外バカにできない。結婚したら、夫とは毎日食事をともにするのだ。そこでおいしくなさそうに、つまらなそうに食べられたら、ちょっとツライ。

「天野さん、結構食べますね。それで細身なのはうらやましい」

「家ではこんなに食べないです。人と外食するときだけ。抑えちゃうと楽しくないですから」

プラスチックの容器から銀色のカップに冷たいお茶を注ぐ。初めの一杯は亮介が注いでくれたので、二杯めはわたしが注ぐ。

「あ、すいません」

「いえ」

「ここの豚丼、やっぱりうまいです」

「確かにおいしそうです。冷麺もおいしいですよ」

「冷麺。いつもそそられるんですけど、こういうとこではやっぱりご飯ものを頼んじゃうんですよね。肉を食べたくなるんで」

一人では食べきれないから少しどうですか？　と言いそうになる。が、言わない。貢にならば言うだろう。亮介には言わない。それはさすがに無理だ。焼肉屋に二人で行く男女はすでに関係がある。などとよく言う。最近は言わないかもしれないが、昔は言っていた。へぇ、そうなのか、と高校生のころに思った記憶がある。今のこの場面を見られたら、わたしもそう思われるのだろうか。亮介とすでに関係があると。

「試合を観に行きましたよ」と亮介がいきなり言う。

「はい？」

「試合です。カピターレ東京の」

「あぁ。そうですか。どうしてまた」

「チームに興味があったんで」

「興味」

「はい。サッカーにというよりは、まさにチームにですね。Jリーグ加盟を東京の真ん中から目指すチームに。ご主人、出てましたよ。背番号は4ですよね？」

「そう、ですね」

4。月曜日が休みなら、そのユニフォームはわたしが洗濯する。縁起が悪いな、といつも思う。アパートやマンションの部屋番号みたいに省くわけにもいかないのだろう。

「試合場はごく普通のグラウンドで、メンバー表示も何もないから、初めはわからなかったんですけど、ミツグとか田口さんと周りの選手から呼ばれてたんでわかりました。ミツグさん、なんですね」

「ええ。千代の富士と同じです。お相撲の横綱だった千代の富士。父親がつけたんだそうです」

「あぁ。なるほど。うまかったですよ、田口貢選手。僕はサッカーに関しては素人だけど、何ていうか、こう、どっしりかまえてて、周りから信頼されてる感じがしました。守りの中心でしたね」

何を言っていいかわからず、黙ってしまう。サラダの横にあったのでついとってきてしまった皮つきのポテトフライを食べる。

「一度観たいなと思ったんですよ、試合を。個人の趣味としてじゃなく、会社の仕事として」

「どういうことですか？」

「こないだ、ちょっと話しましたよね。ウチの会社のロゴマークがユニフォームの胸に入ってたらおもしろいって。あのときは思いつきだったけど、あとで真剣に考えてみました。で、ほんとに悪くないなと。上司にも相談しました。その上司はサッカーファンなんで、まあ、そこは僕自身、狙い撃ちです。そしたら、おもしろいと言ってもらえて、企画書を出せってことにもなって。それで視察に行ってきました。まだ内々のことではありますけど、もしかしたらロゴマーク以上のいい話にできるかもしれません」

「いい話」

「はい。上司のさらに上がこの件を気に入って、会社全体で動けそうな感じなんですよ」

「というのは」

「スポンサーになるとか、そういうことですね。なるなら今のうちから。あと追いじゃなく、早いうちから。僕も社長のその考えに賛成です。企業としてのイメージが良くなると思いますし。カピターレ東京さんにとっても、悪い話じゃないのではないかと」

驚いた。話が一気に大きくなった。わたしなど、軽く跳び越えられてしまった。亮介はただのメロンパン好きではない。できる社員、できる人間だったのだ。わたしは夫婦のことを亮介に話しただけ。感覚としては、夫の愚痴《ぐち》をこぼしただけ。そもそもチーム自体とは何の関係もないのだから、初めから存在してないも同じだ。

「例えばこの銀座にサッカースタジアムができたらおもしろいですよね。それだけの土地がないし、あっても地価が高いから無理だけど。でもそんな発想でやりたいですよ。カピターレ東京の創設も、代表の立花さんの、東京の真ん中にチームがあってもいいだろって思いつきが始まりだったみたいだし」

正直に言うと、かなりあせった。とり返しのつかないことをしてしまったような気がした。いいことではあるのだろう。貢にとっても、チームにとっても。それから亮介にとっても、亮介の会社にとっても。こういうのを、確か、ウィン・ウィンの関係と言うのだ。敗者はいない。誰もが勝者。誰も損しない。

ではわたしはどうか。わたし自身もウィン・ウィンに含まれるのか、わたしは勝者なのか。わからない。話の全容がつかめない。ただ漠然と、敗者の匂いがする。いや、この場合は、臭い、か。その敗者の臭いを嗅《か》ぎとりつつ、わたしは冷麺を食べる。一人で食べきれるかな、と思う。もう亮介に食べてもらっちゃおうかな、と思う。

せっかくなんでもうちょっとサラダをもらってきます、と亮介が席を立つ。

「はい、いらしゃいませー」という韓国人らしき店員さんの元気な声が聞こえてくる。

入ってきたお客さんは田口貢だった。

なんてことは起きない。

店には、催事場とはまた別にイベントスペースがある。そこでは展覧会をやったりする。美術展だけでなく、もっとくだけたアニメ展や映画展をやったりもする。ものによっては、千円程度の入場料をとる。ただ、展示内容は微妙なことが多い。

それではダメだ、ということで、店としてそのイベントを強化することが決まった。展覧会の質を高め、より有意義な情報を発信していこう、となったのだ。そして十月の異動を前に、イベント企画プロジェクトチームなるものが立ち上げられることが決まった。ベースは販売促進課のなかの企画係だが、人員を増やすことにしたらしい。

新プロジェクト、しかも内容が内容なので、社内から希望者を募《つの》るという。現在の所属は問わない。売場であろうと外商であろうと関係ない。性別も年齢も関係ない。条件は社員であることのみ。

従業員通用口のわきと社食のわきに設置されている掲示板に、その通知が貼られた。初めは何とも思わなかった。転居したら届は早く出せだのマイナンバーは他人に明かすなだのといったいつもの通知と同じ感じで読んだ。従業員通用口のわきで一度。社食の出入口で一度。その二度めは、ちょっと時間をかけて読んだ。でもそれだけ。その場でどうということはなかった。

その後、帰りの下り電車に乗っているときにそのことを思いだした。新プロジェクトのメンバーに選ばれると、販売促進課に異動することになるらしい。そしてイベントスペースにおける催《もよお》しの企画運営専従員として動く。制服組でなくなる。これまでわたしは、紳士服部にしかいたことがない。そのなかでちょこちょこ動いただけだ。靴、洋品、そしてカジュアル。ガラリと環境が変わるような異動はしたことがない。

イベント。新プロジェクト。募集。ちょっと心が動いた。自分が惹かれているのを感じた。高卒。紳士服以外は未経験。しかも三十一歳。応募したところで通らないとは知りつつも、惹かれた。やってみたいな、と思った。貢が好きにしたから私も好きにする。そういうことではない。意趣返しなんかでは、まったくない。ただ動きたかった。自分で何かをしたかった。

まず初めに、わたしは柴山マネージャーに相談した。新プロジェクトのメンバー募集に手を挙げたいんですけど、と言ってみた。

「ほんとに？」と柴山さんは驚いた。「何でまた急に」

無理のない反応だ。適当に、とは言わないが、まあ、ここまで無難《ぶなん》にやってきた。人事評価は、低いこともないが高いこともないだろう。

「やってみたいなぁ、と思って」とわたしは言った。「知識も経験もまったくないんですけど」

「そんなのはあとからどうにでもなるからだいじょうぶ。でも、本当に、本気？」

「だと思います。じゃなくて、本気です」

売場の奥にある狭い事務所。デスクは三つ。マネージャー席と端末操作用の席とその他作業用の席。その事務所に柴山さんと二人きり。もちろん、わたし自身がそのタイミングを狙った。

「ダメですか？」

「いえ、ダメなんてことはない。ただ、ちょっと突っこんだことを訊くわね。こんな時代だとセクハラになっちゃうだろうけど、大切なことだからあえて聞かせてほしい。子どもは、いいの？」

「あぁ」

「綾さんは今、三十一よね。仮に手を挙げて採用されたとする。それから一年二年で、子どもができたからやめます、もしくは休みます、ではちょっと厳しいと思うの。本当はそんなのダメなんだけどね、でも現実には、手を挙げといて何なんだって言われちゃう。下手をすれば、田口くんまで言われるかもしれない。じゃあ、何年続けたらいいのかってことになると難しいけど。二年は言いすぎかもしれない。でも一年だと、うーん、となっちゃうかな」

「それはだいじょうぶだと思います」

「そう？」

「はい。思いますじゃなくて、だいじょうぶです」

わたしの意思がどうこうじゃない。今のわたしと貢の関係を考えたら、さあ、子どもをつくりましょう、とはならない。現にここ数ヵ月そういうことはしてない。

「それと、もう一つね。これはマネージャーとして、一応、訊いておきたいんだけど」

「はい」

「売場に不満があるとか、そういうこと？」

「いえ、そうじゃないです」

「もしそうならそうでいいから、正直に答えてね。その答がどうであれ、綾さんの不利になるようなことはしない。それは約束する。今後の売場のためにも、事実を知っておきたいの。わたしの責任かもしれないし」

「そんなことじゃないです。まったくないです」

「麻衣子さんとはやりづらいとか、そういうことでもない？」

具体的な名前が出てきて、ちょっと驚いた。例えば奈良恵梨佳あたりが何か言ったのかもしれない。麻衣子さんほんとキツいですよぉ、とか。わたしは事実をありのままに言う。

「ないです、ほんとに。正直、やりやすいかと言われたらあれですけど、やりづらいなんてことはありません。そんなふうに見えますか？」

「見えない。綾さんはうまくやってる。って、これ、麻衣子さんを悪く言ってると思わないでね。麻衣子さんは麻衣子さんでよくやってくれてる。商品知識もあるし、事務能力も高い。仕事と子育てを両立してるんだからすごい。わたしなんかは本気で感心しちゃう」

わたしなんか。独身女性、ということだろう。柴山さんは四十一歳の今も独身。離婚歴があるわけではない。単に未婚。

「本当に、売場がいやだからじゃない？」

「ないです。もしそうなら、もっと早くにその件で相談してますよ」

「ならよかった。じゃあ、わたしのほうから販促に言っとくわよ。あとで何か書類を書いてもらうと思う」

「わかりました。よろしくお願いします」

柴山さんは最後に笑顔で言う。

「綾さん、ほんとにどうしたの？」

「どうしちゃったんでしょう」

「でもね、自分からそう言ってくれて、わたし、実はすごくうれしい」

「そう言ってもらえると、わたしもうれしいです」

「もっと自信を持っていいと思うわよ。綾さんにはお客さまを引きつける力がある。納得して商品を買ってもらうスキルもある」

「そんな。大げさですよ」

「大げさじゃない」

「今年は大きなミスもしちゃいましたし」

「パンツの裾上げのこと？」

「はい」

「でもそのお客さまがまた売場にいらしてくれてるわけでしょ？　そんなこと、普通できないわよ。わたしでも麻衣子さんでもできない」

「それは大げさですって」

「だから大げさじゃない。わたしね、無駄に人をほめないようにしてるの。その代わり、ほめるべき人のことは本気でほめる」

その言葉はかなりうれしかった。お世辞《せじ》だとしても。

で、予想どおりというか何というか、麻衣子さんからはあとでチクリと言われた。

「スキルも何もないのに手を挙げても、通らないんじゃないかな」

柴山さんが洩らしたのではない。販促から届けられた書類を、麻衣子さんが受けとってしまったのだ。別に隠すつもりもない。それはそれでよかった。

「わたしも通らないと思います」と麻衣子さんに言った。

「そう思うのに、応募するわけ？」

「はい。やってみたかったんで。麻衣子さんもどうですか？」

「わたしはいい。そういうの、興味ないし。二人に手を挙げられたら、紳士服部としてもいい迷惑でしょ」

新プロジェクトのメンバー募集に手を挙げたことを、貢には言わなかった。落ちたら恥ずかしいから、ではない。不確定な段階でわざわざ言うことでもないと思っているうちに、何となく言いそびれたのだ。もちろん、亮介にも言わなかった。できる人ぶりを見せつけたあなたのせいでもあるんですよ、と言ってみたい気はしたけど。

迷走の九月

寝耳に水。片桐司が退団することになった。よりにもよって、キャプテン司がだ。司はゼネコン勤務。中学の途中までアメリカに住んでいたため、英語を話せる。それを見込まれ、シンガポールに転勤することになったのだ。正式な異動は十月一日らしいが、海外ということで、事前に通知された。そこは会社員。断るという選択肢はなかった。カピターレ東京のために会社をやめるという選択肢もなかった。

シーズン開幕直後の小林恭太に続いて、二人め。しかもシーズン終盤。しかもキャプテン。衝撃は大きかった。できる限り練習にも試合にも出ますよ、と司は言ったが、無理はさせられない。チームとしても、司を抜きにしたフォーメーションを早めに確立しておく必要があった。リーグもそうだが、ウチの場合、関東を勝ち抜かなければ意味はないのだ。選手の追加登録は八月三十一日まで。今はもう九月。増員はできなかった。一人減。キャプテンというだけでなく、明朗とともにチームの中心として攻撃を組み立ててきたミッドフィルダーの、減。あく穴は大きい。

監督は、システムを今までの四－四－二から四－五－一に変え、中盤を厚くした。細かく言えば、四－二－三－一に近い形だ。センターのおれと拓斗と右サイドの智彦と左サイドの伸樹。それに光と至のボランチコンビはそのまま。中盤の前三人は、司に代わって入る悠馬と明朗と圭翔。つまりフォワードの圭翔を中盤に下げ、シャドーストライカーとして機能させる。

これは賭けでもある。監督は勝負に出たな、とチームの誰もが感じただろう。圭翔を下げるということは、新哉をワントップに据えるということなのだ。元プロだが今なお無得点の新哉を。不安を覚えたメンバーもいたはずだ。おれはと言えば、監督の賭けに乗る気でいる。新哉はむしろワントップで活きる選手なのだ。それは初めからわかっていたが、圭翔もよかったので、ツートップにせざるを得なかった。そこへきての、司の退団。試してみるいい機会だろう。

自分が指導者ならできなかった選択かもしれない。これまで五得点と結果を出している圭翔のポジションを変え、結果を出していない新哉のワントップにする。できない。おれなら、悠馬をそのまま司の位置に入れるとか、二宮要をスタメンでつかって悠馬はスーパーサブとして残すとか、そんな無難な選択をするはずだ。

あくまでも暫定《ざんてい》ではあるが、監督は試合前のミーティングで、司のあとのキャプテンに、何と、おれを指名した。

「いやいや。おれは今年入った新人ですよ」と辞退した。

「そういうことは関係ない」と監督は言った。「昨日入ったやつでも、まかせられると思えばまかせるよ」

　そして皆に問いかけた。

「誰か反対のやついるか？」

　手は挙がらなかった。

「いや、そう訊いたら手は挙げられませんて」

「じゃあ、賛成のやつは？」

　全員の手が挙がった。コーチの桜庭さんやトレーナーの成島さんやマネージャーの真希の手までもが挙がった。

「いや、その流れならこうなりますけど」

　おれがそう言うと、皆が笑った。

「逆に、貢さん以外誰がやるんですか」と明朗が言い、

「はい、決定」と智彦が言った。

「最年長のおっさんがキャプテンではないほうがいいような」とおれ。

「こんなときはいいんだよ」と監督。「困ったときはやっぱり歳上を頼る。おっさんを頼る。でもいいか？　みんな、頼りすぎるなよ。困ったら全部貢にバックパスと

か、そういうのはなしな」

「ういっす」

だがそううまくことは運ばない。その試合は負けた。〇対二。完封負けだ。攻撃も機能しなかったが、守備も乱れた。その二つは分けられない。連動する。前がよくなければ、後ろにも影響が出る。守る時間が長くなると、攻撃への切り換えも遅くなる。結果、全体として押しこまれる。

「終わったことはしかたない。引きずるな。次、立て直すぞ」

「ういっす」

立て直せなかった。個人的には、立て直そうと努力するところまでもいけなかった。そんな大事なときだというのに、おれ自身が、欠場を余儀なくされたのだ。

きっかけは意外なことだった。おれに何かが起きたわけではない。左ひざに痛みが出たとか、ヘディングの際に相手とぶつかって鼻骨を折ったとか、そういうことではない。風疹《ふうしん》になったのだ。おれがではなく、売場の黒須くんが。

試合前日の土曜にそのことが判明した。朝、黒須くんは売場に電話をかけてきて、言った。すみません。今日は休みます。聞けば、朝起きたら顔に発疹があったという。腕などはあまり目立たなかったので、すぐには気づかなかったらしい。顔を洗ったあとに鏡を見て気づいた。ギョッとしたそうだ。はしかと水疱瘡《みずぼうそう》は子どものころにやっている。たぶん、風疹。ということで、売場に電話をかけた。

ツイてないことに、催事がある週だった。大催事ではないが、小さくもない催事だ。黒須くんから電話がきたことを増渕葵に聞かされて、あせった。その先の流れは簡単に想像できた。実際、そのとおりになった。中尾さんには自分から言った。微《かす》かな期待を込めて。

「明日。無理、ですよね？」

明日休みをもらうのは無理ですよね？　ということだ。中尾さんはおれを見た。少しためてから、こう返した。

「無理じゃないと思えるのか？」

「いえ、それは」

「黒須に無理して出てこさせるか？　それで社員にもお客さまにも風疹をうつさせるか？」

風疹が一日二日で治るわけがない。おれは午前のうちに監督に電話をかけ、事情を説明した。まあ、しかたないな、と監督は言った。そういうこともある。貢までもが転勤じゃなくてよかったよ。

そのあとに、黒須くんからメールが来た。おれのスマホにだ。

〈病院に行ったら、やっぱり風疹だと言われました。明日、出勤になっちゃいますよ

ね。本当にすみません〉

　昼の休憩のときに、こう返信した。

〈そんなのはいいよ。せっかくの機会だから、ゆっくり休んで〉

　試合前日。当日でなくてよかった。欠場という結果は変わらなくても、チームにかける迷惑の大きさは変わる。

　というわけで、翌日曜もおれは仕事に出た。丸一日、催事場でお客さまの相手をした。目がまわるような忙しさだったが、試合が頭から離れることはなかった。

　結果は、マネージャーの細川真希がメールで教えてくれた。

〈負けちゃいました。一対二。ウチの一点は悠馬くんです〉

　負け。ここへきての連敗。痛い。だが悠馬が点をとったのはよかった。悠馬自身、それでノっていけるだろう。あとは新哉だ。もう、譲られたPKでも何でもいいから、とにかく点をとってほしい。チームのためじゃなく、新哉自身のためにとってほしい。新哉が自分のために点をとることが、チームのためにもなるのだ。

　その後、ほかのチームの結果から、ウチが四位に落ちたことがわかった。四位。昇格圏外だ。残りは一試合。追いこまれた。最終戦で当たるのは、現在六位のチーム。そこにはもう三位以内の目はない。だが十五チーム中の六位。失点も多いが得点も多い。侮れない。ウチに代わって三位に上がったチームは、最終戦で二位のチームと当たる。星のつぶし合いになる。それがまだ救いだ。ウチは最低限勝たなければならない。引き分けでもアウト。絶対に勝たなければならない。得失点差は関係ない。とにかく勝点三が必要だ。

　こわいな、と思う。負けるのがこわいという感覚を味わうのは久しぶりだ。会社の部でプレーしていたときは、そんなことはなかった。三部から二部に上がれたらうれしいが、上がれなくてもそれはそれ。四部に落ちたとしてもそれはそれ。そう思っていた。

　ものごとは本当にうまくいかない。会社のサッカー部はつぶれてしまう。夫婦の関係はおかしくなってしまう。キャプテンは海外に転勤してしまう。黒須くんは風疹になってしまう。黒須くんの風疹が最終戦までに治らなかったら会社をやめようか。と、先走ったことを考える。今のレベルで体が動くのは、せいぜいあと二、三年。だから会社をやめない。ではない。だからこそやめる。気持ちはそちらへと動く。

　入団して八ヵ月。たかが八ヵ月。おれは自分が思いのほかこのカピターレ東京というチームを好きになっていることに気づく。

　初めは逃げ場だった。いわば駆けこみ寺だ。気軽に駆けこんでみたら、本気で修行をさせられる寺だった。だがおれは修行を楽しんだ。楽をしたという意味ではない。仕事で手を抜いたつもりもない。サッカーもやっていたからこそ、仕事もやれた。手を抜かずにやったからこそ、サッカーも全力でやれた。やっていいのだと思えた。

体はキツい。試合に負けた日の翌朝は、本当に起きれない。一度遅刻しかけてからは、綾に頼むようになった。目覚ましもかけるけど起こしてくれ、自分で起きる努力はするけど起こしてくれ、と。会話がないなかで、そこだけはお願いした。

もう中学生や高校生ではない。大学生ですらない。サッカーをやる必要はない。やるなら、自ら求めてやらなければいけない。チームそのものが好きでなければ、できない。プロ云々は関係ない。ただ動きたい。関わりたい。チームの草創期におれも関わっていたんだなぁ。と、あとでそのくらいのことは思いたい。暫定とはいえキャプテンまで務めたんだぜ。と、八十歳のときにそう言いたい。ＦＩＦＡクラブワールドカップか何かでカピターレ東京がバルサとやる決勝の試合をテレビで観るときに。隣にいる八十歳の綾に。

その週は木曜が休みだったので、おれは夕方の上り電車に乗って江東区のグラウンドに行き、練習に出た。昨日おとといは、二週続きの催事のあれこれで出られなかった。だから連敗後はそれが初めての参加だ。

来ていたレギュラーメンバーは、キーパーの潤と左サイドバックの伸樹とボランチの至と攻撃的ミッドフィルダーの悠馬とフォワードの新哉とおれ。六人。それでも十一人中六人だから、五割超え。多いほうだ。

「点とったって？」と、まずは悠馬に言った。

「ごっつぁんゴールです。キーパーと一対一になった明朗さんが最後流してくれたのを入れただけなんで。あれを外してたらヤバかったですよ。実際、当てるポイントをちょっと外して、ミスキック気味になったんですよね。どうにか入ったけど、ぎりぎりサイドネット。蹴った瞬間、かなりあせりました」

「あれ外してたらスタメン落ちだよ」と、話を聞いていた至も加わる。「おれも後ろから見てて思った。うわ、外すのかよって」

「そうなってたら今ごろ丸刈りですよ、おれ」

そんなこともある。顔でだって、胸でだって、腿でだって、背中でだって、ボールをゴールに押しこめばいいのだ。一点の価値は変わらない。こんなことを言うのは青少年のためによくないが、手に当たって入ったとしても一点は一点。故意でないならそれでいい。

負けを引きずった感じはないので、ちょっと安心した。選手は全員でも九人。あとは監督とコーチの桜庭さん。それでやっと十一人。フォーメーション練習はできないから、トラップ、ドリブル、パス、シュートといった基礎練習が多くなる。やってもせいぜいミニゲーム。

それでも、チームメイトとプレーをするのはやはり楽しい。仕事後に参加するのはしんどいが、グラウンドに出ればそのしんどさは消える。体は自然と動く。来てよかったな、と毎回思う。仕事でキツいことがあっても忘れられる。そこで忘れることで、切り換えられる。

ついこないだ気づいた。試合に負けた日の翌朝は確かにキツい。だがそこ以外はむしろ楽になっている。体そのものがでなく、気持ちが楽になったのだと思う。メンタルはフィジカルに影響を及ぼすのだ。それも案外簡単に。

みつば南団地からＪＲみつば駅までは徒歩二十分。走れば十分。のはずが、今は八分で行ける。持久力がついたわけではない。要するに、行ってやろうという気になれるのだ。朝から。

その前向きな気持ちは昼も続く。人の邪魔にならないよう注意しつつ、おれは従業員用の階段を駆け上がる。ラックを引くとき以外、エレベーターはつかわない。多少荷物があっても、それが両手で持てる場合は、やはり階段をつかうようになった。おれならではの進化だ。

夜のグラウンドでは、その日たまたまいた相手としゃべり、ボールを蹴り合う。そのことを、その時間を、楽しむ。楽しみつつ、真剣にやる。一対一や二対二の練習になったら、そこは味方だろうと本気でいく。ケガはさせないよう注意して、削りにいく。

この日は、いつも平日の練習には来ない立花さんが珍しく来ていた。久しぶりにサッカーパンツ姿を披露した立花さんは、シュート練習の球出し係をやったり、キーパー潤の個別練習に付き合ったりした。そして終了間際におれのところへやってきて、言った。

「貢、ありがとな」

「はい？」

「スポンサー、決まりそうだよ」

「何ですか？」

立花さんは、とある会社の名を挙げた。有名な文具会社だ。

「そこが、スポンサーになってくれるんですか？」

「ああ。来年はユニフォームの胸にロゴも入れてくれる」

「おぉ。いいですね。で、何でおれにありがとなんですか？」

「ん？　聞いてないのか？　奥さんに」

「はぁ」

「貢の奥さんがそこの広報さんと知り合いで、ウチのことを話してくれたんだ。で、その広報さんが興味を持って、上層部に話してくれた」

「あぁ。そうなんですか」

「知らないのかよ」

「はい」

「もしかして。奥さん、あとで自分の口から貢に言おうとしてたのかな。おれの勇み足だったか。貢、まだ知らないふりをしてくれよ。サプライズとか何とか、そんなのかもしれないから」

そんなのではないと思う。綾はその手のサプライズを好まないのだ。いきなりプレゼントを渡すぐらいはいいが、妙な演出を加えたりすると引く。うわぁ、そういうのやめようよ、と言う。結婚する前に一度やり、実際にそう言われた。それからは一度もやってない。だからプロポーズさえ、結婚しよう、というシンプルなものになった。

そんな綾が、よりにもよって、そのサプライズ。ない。

「その話は誰から聞いたんですか？　その、ウチのが広報さんに話したっていうのは」

「文具会社の社長。トップが決断してくれなきゃしょうがないんで、こっちも気合を入れて説明したんだ。東京の真ん中で地域に溶けこんだクラブをつくりたいんですって。そのときに言ってたよ。デパートのお客さんみたいだな、その広報さん」

「女性、ですか?」

「いや、男。貢と同じか、ちょっと下ぐらいかな」

「そうですか」

「奥さんも、売場?」

「はい。紳士服にいます」

「あぁ、それでか。何にしても、たすかったよ。貢をチームに入れて、ほんと、よかった。まさかこんなおまけまで付けてくれるとは。いや、おまけじゃないな。こっちがメインだ。と、それは冗談。勝とうな、日曜」

「はい」

「次勝って、関東も勝って、一年で上がろうぜ。上がらせてくれよ」

「そのつもりでいますよ。おれ自身、上がりたいです。上がらせたいです」

練習を終えると、下り電車に乗って、みつばへと帰った。ちょっと混乱した。意味がわからなかった。混乱し、意味がわからないまま、電車を降りて二十分歩き、五階まで階段を上った。そして自分のカギで玄関のドアを開け、五〇一号室に入った。

「ただいま」

「おかえり」

いつものように、そのやりとりはした。いつもならそれで終わりだが、今日はその先があった。

「スポンサーのこと、聞いたよ」

「何?」

立花さんに聞いた文具会社の名前を出した。

「あぁ」と綾は言った。「スポンサーになったの? チームの」

「そう」

そこまでは知らなかったらしい。演技であるようには見えなかった。おれはうがいや手洗いをする。いつもは洗面所でやるが、今日は台所でやる。綾がそれを見ている。

「広報の人って、誰?」と尋ねる。

「広報じゃなくて、企画広報」と答がくる。「売場のお客さま」

答を知っているのに、こうも尋ねる。

「男?」

「男」

何と言っていいかわからない。自分がそれをどうとらえるべきかわからない。おれのサッカーが綾に受け入れられたと見るべきなのか。だとすれば、おれは綾に感謝するべきなのか。だが口からは思いに反した言葉が出る。

「そんなこと、頼んでないだろ」

綾は驚かない。ほめられる、感謝される、と思っていたわけではないようだ。そして意外なことを言う。

「わたしも頼んでない」

混乱する。ますます意味がわからない。聞きたいが、聞きたくない。おれが居間で掃除機をかけていたときに綾が口にした言葉を思いだす。おれが聞こえないふりをした言葉。わたしも好きにするから。

ここで逃げてはいけない。流してはいけない。そう思う。おれは聞かなきゃいけない。自分から綾に訊かなきゃいけない。

「そいつ、じゃなくてその人、誰？」

答がほしい。安心できる答だけが。

ダイニングキッチン。おれと綾はそこで話している。おれは流し台に寄りかかって。綾は食器棚に寄りかかって。テーブルの前のイスに座る気にはならない。居間に移ってソファに座る気にもならない。本当に大事な話は、立ってする。座って話ができるのは、二人がすでにある程度の共通理解を有している場合だけだ。

答は得られないのだとおれが思いかけたとき、綾は言う。

「アマノリョウスケさん。一緒に映画を観て、ご飯を食べた。二度。そのときにチームのことを話した。でもそれだけ」

そしてその男のことを一気に話す。天野亮介、がプロパーの売場のお客さまであったこと。綾がパンツの採寸ミスをしたこと。結果、パンツの丈が十センチ短く直されてしまったこと。同じものをメーカーから取り寄せ、正しい長さで直したこと。天野亮介がまたパンツを買いに来てくれたこと。ジャケットも買ってくれたこと。映画に誘われたこと。映画は観たかったので、誘いを受けたこと。実際に映画を観て、ご飯を食べたこと。ご主人は何をされてるのかと訊かれたこと。答えたこと。その際にサッカーの話もしたこと。後日また別の映画を観て、ご飯を食べたこと。天野亮介はカピターレ東京に興味を持ったらしく、そのときはもうすでに一人で動いていたこと。

綾自身、それを聞いて驚いたこと。

「本当にそうなの」と最後に綾は言った。「わたしは頼んでない。まず、こうなるなんて予想できない」

そうなんだろうな、と思う。そこはすんなり納得する。できてしまう。やはり、受け入れたわけではないのだ。おれのことも、サッカーのことも。

まあ、それはいい。よくないが、今はいい。ただ。天野亮介。それはない。映画を観た。でもそれだけ。事実だとしても。それはない。

相手フォワードの肩にもたれるようにジャンプする。ボールはおれの頭に当たる。競り勝つ。

ディフェンダーは、一つ一つ小さな勝ちを積み重ねていくしかない。たった一つの負けがチームの負けにつながるから、とにかく負けないこと。負けたら、素早く対処にまわること。味方には遠慮なく頼ること。挽回しようと一人で動きまわらないこと。

ディフェンスは、基本、受けだ。相手の攻撃を受け止める。はね返す。ただ受けるだけでもダメ。能動的な受けが必要だ。矛盾するようだが、しない。相手を誘うこともある。あえて攻めさせることもある。

相手にうまく攻められたときは、ヤバい、と思う。一方で、さあ、来い、とも思う。身が締まる。しびれる感覚がある。プレー中は、ほかのすべてを忘れる。忘れようとしなくても忘れる。明日は催事の準備かぁ、と思いながら相手フォワードにスライディングタックルを仕掛けるようなことはない。

最終戦。負けも引き分けも許されない試合。おれはスタメンに名を連ねた。幸い、黒須くんの風疹は治った。土曜からでなく、金曜から出勤してくれた。中尾さんはもう少し休んでもいいと言ったが、黒須くん自身がだいじょうぶだと言った。診察した医師も、金曜からはだいじょうぶでしょう、と言ったそうだ。

ご迷惑をおかけしてすみませんでした、と黒須くんは売場の全員に謝った。おれ個人にはこう言った。日曜は、ほんと、すみませんでした。ホームページで見ましたけど、負けちゃったんですね、チーム。おれがいても勝てなかったよ、と返した。ダメなときはダメなんだ。チーム自体の調子も底だったし。とにかく、治ってくれてよかった。売場にエースがいてくれなきゃ困るよ。

チームは底。まさにそのとおり。司が退団し、おれがキャプテンになった途端、底。このまま沈みつづけるわけにはいかない。ウチはそんなチームじゃない。今が底なら、あとは浮上するだけだ。センターバックのコンビを組む拓斗には、アップのときに言った。前半ゼロなら、後半はセットプレーのたびに上がるから。

試合前、ミーティングのときには、キャプテンとして、ワントップのフォワード新哉にも言った。

「変な意味にとらないでほしいんだけど。元プロの凄《すご》みを見せてくれよ」

「変な意味って何すか?」と新哉。

「点をとってないからどうこうってこと」

「あぁ。気にしてませんよ。点をとることだけがフォワードの仕事じゃないし。と、まあ、ここはそんな優等生発言をしときます」

「ガラの悪い優等生ですよね」と圭翔が言い、

「うるせえよ」と新哉が言って、
皆が笑った。

「ほんと、頼むぞ」とこれは監督。「このリーグでは、お前らは紛《まぎ》れもなく優等生だ。上に行かなきゃいけない。優等生の力を見せてくれよ」

「うぃっす」と全員の声がそろった。

前半は、本当に〇対〇で終わった。先制点がほしかったが、無理はしなかった。カウンターを食って逆に先制されるのを警戒したのだ。

そして後半の立ち上がり。ついに新哉が見せた。魅せた。明朗にワンツーを返すふりをして体をくるりと反転させ、相手センターバックをかわした。そのままペナルティエリアに進入し、シュートを打とうとしたところで、詰めてきたもう一人のセンターバックにつぶされた。完全なファウル。ウチにPKが与えられた。明朗がボールを拾い、差しだした。自身が得たPK。新哉はすんなり受けとった。ベンチの監督も、明朗が蹴れとの指示は出さなかった。

新哉がペナルティマークにボールをセットした。短めの助走距離をとる。ピッと主審の笛が鳴った。新哉はためをつくらなかった。キーパーとの駆け引きもなし。向かって左に、インステップで速いボールを蹴った。キーパーはそちらへ跳んだが、触れなかった。ボールはゴールに突き刺さった。チームメイトが歓喜の声を上げた。おれも上げた。新哉自身は上げなかった。走りまわりもしなかった。うしっ！　とばかりに両拳を腰の高さにかまえた。それだけだ。

そこにこそ、おれは元プロの凄みを見た。動じないこと。自分を保つこと。これはとても重要だ。プロに最も必要な資質はそれではないかとさえ思う。フィジカルは鍛えられるが、メンタルは鍛えられない。いや、鍛えられなくもないが、限度はある。

勝たなければならない試合で、後半の立ち上がりに先制点。一対〇。いい形ではある。が、これはこれで難しい形でもある。残りは四十分。その一点を守りにかかるのか。もう一点をとりにいくのか。監督が選んだのは、後者だ。といっても、無理はしない。チャンスがあれば狙う。前半と似た戦い方だ。

相手はもちろん攻めてきた。攻めてきてくれた。そうなれば、こちらにもカウンターのチャンスが生まれる。新哉と圭翔と明朗の三人でどうにかできる。だがそこはリーグ最終戦。相手も奮闘した。捨て身で点をとりにきた。

おれ自身は、ケガをしたくなかった。会社員だからではない。ここで勝っても、まだ次があるからだ。関東社会人サッカー大会。そこでも勝たなければならない。準決勝を勝ち、二位にならなければならない。

そして後半三十分になるところで、ボランチの光がファウルをとられた。ペナルテイエリアのすぐ外。フリーキック。ちょっといやな位置だ。壁は五枚つくった。おれもそこに入った。左からも右からも三番め。真ん中だ。両手で股間《こかん》を守る。顔はさらす。人間だから、顔に速いボールが来たら、反射的によけてしまうこともある。よけるなよけるな、と自分に言い聞かせる。初めから顔に来るつもりでいろ。むしろ当たりにいけ。

相手のフォワードが蹴る。ボールは顔には来なかった。おれの左方に飛び、視界から消えた。直後に相手チームの何人かが声を上げた。後半立ち上がりにおれらも上げたそれ。歓喜の声だ。振り向くと、ダイヴしたキーパーの潤がピッチに横たわっているのが見えた。ボールはその向こう、ゴールのなかに転がっていた。やられた。

一対一。同点。相手のキックをほめるしかない。壁の位置が悪かったとも思えない。一番左には、おれより背が高い新哉がいた。ボールは、たぶん、その左を巻いて、ゴールの上の隅ぎりぎりに入ったのだ。誰のせいでもない。切り換えるしかない。

残りはアディショナルタイムも含めて二十分。今がスタート。ここからが本当の勝負だ。もう一点とられたらウチは終わる。だから、まずは守る。そのうえで、攻める。多少は無理もする。試合の流れを見て、いけると思えば一気にいく。

「勝負！　勝負！」と監督からも声がかかる。

観客は数十人。プロの試合のような応援はないので、指示はすべて聞こえる。相手ベンチからの指示までもが聞こえる。もう一つ狙え、がそれだ。もう一つ狙ってくれるならありがたい。守りに入られるよりはいい。ウチとしても互角の勝負ができる。そして互角の勝負ができるなら。ウチはこのリーグでは優等生。負けない。

「前行くわ」とおれが言い、

「オッケー」と拓斗が返す。

セットプレー時に限らず、チャンスがあれば前線に上がる、ということだ。後ろは頼む、ということでもある。半年一緒にプレーしたから、もうわかっている。拓斗になら頼める。

左腕に巻いたキャプテンマークを少し上げる。ポンポン、とそれを右手で叩く。おれはキャプテンだ。チームのためなら何でもやる。人に頼ることがチームのためになるなら、いくらでも頼る。

とはいえ、まずは守った。無理に上がったりはしない。サイドバックもセンターバックも、オーバーラップだのビルドアップだのばかりが注目されるが、大事なのは守備だ。何よりも守備。守備をきちんとこなしたうえで、攻め上がる。仕事をきちんとこなしたうえでサッカーをやるのと同じだ。

後半四十分あたりで、コーナーキックをもらった。そこは上がった。新哉とともにゴール前でターゲットになるつもりだった。ヘディングシュートを狙う。無理なら、明朗や圭翔の足もとにボールを落としてもいい。

右からのコーナーは、利き足が左の悠馬が蹴る。左足だと、ゴールに近づいていくボールが蹴れるからだ。実際、悠馬はそんなボールを蹴る。おれは自分についたマークを外し、ゴールから離れたほうへ走る。シュートは無理、こぼれ球を狙う。

新哉がキーパーと競る。パンチングでボールをはじかれる。それを相手ボランチが拾う。ドリブルする。一気に形勢逆転。ウチがカウンターを食う。かと思ったら、右サイドバックの智彦が出足のいいスライディングタックルでそのボールを奪いとる。相手ボランチは転ぶが、笛は鳴らない。今のはきれいなタックル。ファウルじゃない。ナイスジャッジ。

智彦は素早く立ち上がり、悠馬にパスを出す。おれ自身はダッシュで自陣へ戻ろうとしていたが、とどまる。引き返す。ここが勝負どころだと感じる。走りつつ、左手を挙げる。さあ、カウンター、と思ったところでボールを奪われた相手が混乱しているのがわかる。あらためて上がり直したおれにマークはつかない。さっきついていたセンターバックがつこうとするが、後手にまわる。遅れる。

オフサイドラインぎりぎりで智彦からのパスを受けた悠馬が、今度は利き足でない右でクロスを入れる。来た。間に合う。おれは走りながら跳ぶ。どんぴしゃり。空中で、はっきりとボールが見える。とれるときはそうなのだ。ヒットする直前、ボールが止まって見える。相手センターバックも詰めてくる。が、関係ない。おれの間合いだ。

額《ひたい》の真ん中にボールを当てる。お手本のようなヘディング。子どものころに教わった。正しい場所に当てれば痛くない。衝撃も少ない。体のほかの部分が、受けた力を分散させてくれるのだ。キーパーは跳ばない。やや左に動くだけ。ボールはゴールに飛びこむ。その軌跡もはっきり見える。カピターレ東京に一点が入る。

おれは倒れない。よしっ！　と声を上げ、そのまま、ゴールから遠ざかるように左へと走る。そしてコーナーの辺りまで行き、また戻る。走りまわる。チームメイトが寄ってくる。明朗が抱きついてくる。圭翔も抱きついてくる。ピッチに倒される。あちこちを叩かれる。乗られる。体の自由を奪われる。世の中で一番気持ちのいい自由の奪われ方がそれ。

だがそこまで。すぐに立ち上がる。おれはキャプテン。切り換える。両手をパンパンと叩き合わせて、言う。

「あと五分！　抜くな！」

自陣へと駆け戻る。皆も続く。

あとの五分は守った。アディショナルタイムも守った。

「守備！　守備！」と監督もそれだけを言った。

アディショナルタイムは長かった。五分以上あった。集中は切らさない。フォワードの新哉も含めた全員で守りきった。

ピッ、ピッ、ピーッと主審の笛が鳴った。二対一。勝利。カピターレ東京は東京都社会人サッカーリーグ一部で第三位。関東社会人サッカー大会に進むことが決まった。

試合後のミーティングで、立花さんによその結果を聞いた。昨日まで二位のチームが、三位のチームに勝ったらしい。後者はそれで四位に落ちた。ウチも、引き分けで終わっていたらアウトだったのだ。勝点一の差で。ウチがコーナーキックをもらってよかった。智彦が相手ボランチからボールを奪ってくれてよかった。悠馬のクロスがおれに通ってよかった。本当に、よかった。それ以外に感想はない。

「いやぁ。あの鬼ヘディングはヤバいっす。マジ、鬼っす」と圭翔には言われた。

「あんな武器があるならもっと早くにつかってくださいよ」と明朗には言われた。

「そしたらウチはもっと楽に突破できてたかも」と拓斗には言われた。

監督はこうだ。

「貢が田中マルクス闘莉王に見えたよ」

リーグ最終戦で初得点。確かにうれしかった。だが新哉もそうできたことのほうが、ずっとうれしかった。これでチームは上向くはずだ。新哉のワントップ。最後の最後で、いい結果が出た。おれのゴールはボーナスみたいなものだ。ディフェンダーとしては、むしろ崩されて点をとられなかったことのほうがうれしい。

ミーティングの最後に、立花さんが言った。

「みんな、今日は喜ぼう。ただし今日だけな。ウチはまだ何も達成してない。やっとスタートラインに立てただけだ。祝勝会は関東の決勝を戦ったあとにしよう。そのときは、浴びるほど飲もう」

「うぃっす」

リーグ戦の最終日。といっても、試合が終わってしまえば、ただの日曜。明日も仕事だ。家に帰らなければならない。今日ぐらいは歳が近い明朗や伸樹あたりと軽く飲んでもいいかと思ったが、そこは自制した。立花さんが言ったとおり、関東二部への昇格を決めるまでは待つべきだろう。

シャワーを浴び、成島さんのマッサージを受けて、試合場をあとにした。それが午後五時。グラウンドの敷地から出て、通りを歩いていると、後ろから声をかけられた。

「おつかれさま」

振り向き、立ち止まる。春菜だった。会社の同期、横井春菜だ。

「え？　何で？」

「今日も観に来たの。最終戦だから」

「あぁ、そうなんだ。どうも」

「すごいね、田口くん。劇的。ちょっと感動した」

「ゴールはたまたまだよ。運がよかった」

「さすが得点王。衰《おとろ》えてないね」

「衰えてるよ。今年はこれが初得点だし」

「リーグのレベルがちがうからでしょ」

「まあね」と言い、続ける。「何、待っててくれたの？」

「うん。今日も声はかけないつもりだったんだけど。何か、ほんとに感動しちゃって。試合のことをよく覚えてるうちに話したいなと思った。お茶ぐらい飲める？」

「うん」おれは自ら言う。「せっかくだから、ビールにしよう。おごるよ。一時間待たせたから」

「それはいいよ。わたしが勝手に待ったんだし」

「言っといてくれれば、シャワーもマッサージも、もうちょっと早くすませたのに」

「元マネージャーがそれをやっちゃダメでしょ」

「まあ、そうか」

飲まないはずが、飲むことになった。これぐらいはいいだろう。サッカー選手として、チームのキャプテンとして、抜くわけではない。一会社員として抜くだけだ、同期と。

駅前まで歩き、居酒屋に入った。ごく普通のチェーン店だ。日曜の午後五時すぎ。さすがに空いていた。四人掛けのテーブル席に通してもらえた。春菜もそれでいいと言うので、中生を二つ頼む。空いているためか、お通しと一緒に、わずか一分で届けられた。枝豆と焼鳥の盛り合わせを頼み、乾杯する。

「関東大会進出、おめでとう」

「ありがとう」

ガチンとジョッキを当てる。ビールを飲む。一口で止めるつもりが、二口三口四口と飲む。結局、ジョッキの半分ほどを一気に飲んでしまう。

「あぁ」と声を洩らす。「うまいわ」

「確かにうまそう」と春菜が笑う。「わたしがビール会社の社員なら、今の、CMにつかいたい」

ビールはキンキンに冷えている。人によっては冷えすぎだと言うだろう。日によってはおれも言うかもしれない。だが今日はこれでいい。うまい。逆に言えば、ぬるくたってうまいだろう。とりあえず、第一関門は突破したのだから。

「あの場面であのヘディングを決めちゃうんだね。さすが田口くん」

「ボールがよかったんだよ。いいとこで、ばっちり合った」

「練習してるから合うんでしょ」

「いや。そんなには練習してない。おれは土曜の前日練習に出られないから、合わせる機会もそうないんだ」

「うまい人たち同士だから、合わせられるんだね」

「ほんとにたまたまだよ」

「田口くん、キャプテンマーク巻いてたよね」

「巻いてた」

「なったの？　キャプテンに」

「うん。前のキャプテンが海外に転勤しちゃったから」

「そうかぁ。そういうこともあるんだね」

「おれが試合に出るようになったのも、レギュラーのセンターバックが北海道に転勤したからだよ」

「何とも言えない話だね。転勤した人たちも、それまであったサッカーが、急になくなっちゃうんだ」

　そう。急になくなっちゃうのだ。勤める会社の都合で。それはツラい。

「綾さんは、観に来ないの？　試合」

「日曜は休めないし、サッカーに興味もないから」

言ってみて、ちょっと痛みを覚える。試合中は忘れていた綾のことが頭に、という か心に戻ってくる。最近はこうなることが多い。プレー中に一度忘れる分、戻ってきたときの反動が大きい。

まず枝豆、次いで焼鳥の盛り合わせが届く。食べる。うまい。が、のんきな感じがする。今こうして春菜と向き合ってビールを飲んでいることが奇妙に思える。

わたしも好きにするから。そう言って、綾は好きにした。天野亮介なる男との関係自体は疑ってない。おかしな関係になったのなら、天野亮介もカピターレ東京をビジネスにはしないだろう。綾の夫を自分のビジネスに絡めはしないだろう。リスクが大きすぎる。

一度めは有楽町の映画館で、二度めは銀座の映画館。綾はそんなことまで説明した。そこでしか上映していなかったのだと。どちらも店から近い。銀座のほうは、特に近い。綾だけが休みだった日。おれは店にいたはずだ。ラックを引いたり、階段を駆け上がったりしていただろう。二度めの映画のあとに行ったという韓国料理屋は、おれも行ったことがある。豚丼がうまい。

おれが訊くと、綾は映画名までスラスラ答えた。どちらも、知らない映画だった。

いわゆるミニシアター系らしい。おれとは観ることがなかった類の映画だ。

「そんなのが好きなんだ？」と、つい的外れな質問もした。

「天野さんが好きだったの」と綾は答えた。

一瞬、あせった。天野さんのことが好きなの、という意味かと思って。ちがった。天野さんがその映画を好きなの、という意味だった。

「でもすごくおもしろかった」と綾は続けた。

正直だな、と思った。やはり的外れに。二人の関係は疑ってない。だからショックは受けなかったかと言うと、そんなことはない。ショックは受けた。かなり強いやつを。おれと綾は夫婦だ。にもかかわらず、綾にはおれ以外の相談相手がいる。おれと綾は、みつば南団地のD棟五〇一号室に住んでいる。にもかかわらず、妻が困ったときに相談する相手は、その外にいたのだ。夫自身が相談ごとの原因だから、と言ってしまえばそれまでだが。

ビールを飲み干し、お代わりを店員に頼む。頼んでしまってから、春菜に言う。

「あ、いいよね？」

「もちろん」と春菜は言ってくれる。「飲みなよ、めでたいんだから。料理ももっと頼もうよ。今日はだいじょうぶなんでしょ？　綾さんも、飲んでくると思ってるよね？」

思ってはいないかもしれない。だがそれはあとづけでどうにでもなる。勝ったからみんなと飲むことになって、と言えばいい。

二杯めのビールもやはりすぐに届けられる。ついでに、シーザーサラダとジャーマンポテトも頼む。ビールを一口飲んで、言う。

「綾と、うまくいってないんだよ」

「そうなんだ」と春菜はあっさり言う。

何となくは察していたのかもしれない。俊平の披露宴でのおれたちを見たことで。

「おれがサッカーをやってることを、あんまりよく思ってない」

「それは、今年から？」

「そう。すごく反対された。今もされてる」

「まあ、するかもね。奥さんなら」

「チームに入ることを決めてから、話した。それもよくなかった」

天野亮介のことは言わない。言えば誤解されるような気がしたのだ。二人の関係を疑っているのだろうと。

「去年まで部のマネージャーをやってたわたしでさえ驚いたもんね。田口くんが今のチームに入るって聞いたとき」

「驚いたんだ？」

「驚いたよ。よくやるなぁ、と思った。綾さん、大変だなって。女なら、ほとんどの人が思うでしょ。会社のサッカー部とはわけがちがうもんね。わたしだって、自分が結婚しててその相手がいきなりそんなことを言いだしたら、反対するかも。正直、人ごとだからこんなふうに応援できるとこもあるし」

人ごと。まあ、そうだ。人は案外簡単に他人を応援する。本腰を入れて応援しなくていいなら、応援するよ、と簡単に言える。実際には何もしなくても、応援している気分にはなれる。そう考えれば、春菜のこれは正真正銘の応援だ。試合まで観に来てくれたのだから。

「尊敬はするけどね、田口くんのこと。普通、やれないもん。職場からの理解だって、そんなには得られないだろうし」

「チームメイトはみんなそうだからね。やらせてもらえるだけありがたいよ。というか、おれの場合は強引にやっちゃってるんだけど」

「だとしても。そういうのを、よその売場の人にまで言うことはないよね」

「ん？」

「それは上司としてどうかと思う」

「どういう意味？」

「わたしの上司の国吉《くによし》さんね、田口くんのとこの中尾さんと同期なの。中尾さん、よく不満を洩らしてるみたい」

「おれの？」

春菜はうなずく。そして通りかかった店員にレモンサワーを頼む。店員が去るのを待って、口を開く。

「田口くんへの不満というよりは会社への不満なのかな。特別待遇はマズいだろっていう」

特別待遇。日曜日に休ませること。

「まあ、それを今度はわたしに洩らしちゃう国吉さんも国吉さんだけどね。で、それをさらに田口くんに洩らしちゃうわたしもわたし。でも、そういうのは知っておくべきかと思って」

「綾にも言われたよ。そう見られるのはしかたないかな。催事場で一人で一日百万売るとか、そんなことができるなら別だろうけど、できないからね」

「会社って、めんどくさいね。自分はできると思ってる人ほどそういうこと言うし」

そうだろうか。例えば黒須くんは明らかにできる人だが、そんなことは言わない。陰でも言わないだろう。もしかすると、黒須くんは自分をできる人だと思ってないということかもしれない。本当にできる人は、そんな無粋《ぶすい》なことは思わないのかもしれない。

相変わらずの速さで届けられたレモンサワーを飲んで、春菜が言う。

「わたしもさ、いろいろあって、今年はちょっとしんどい。しんどくなって、初めて気づいたよ。あぁ、そうか、サッカー部のマネージャーが息抜きになってたんだなって」

「部は部だけど、会社から離れた感じはあったもんな」

「そうそう。店から抜け出した感じね。外の空気を吸えて、お日さまにも当たれるっていう。会社は同じでも部署はちがう人ばかりだったし。いい具合に安心感だけがあったよね」

「確かに」

「田口選手には、もの足りなかったかもしれないけど」

「いや、そんなことは」

「ない？」

「なくはない」

「わたしも、日曜を休みにしてもらえるなら、カピターレ東京のマネージャーをやりたいよ。でも無理か。選手ならともかく、マネージャーじゃ。しかも田口くんに続いて二人め。許すわけないよね、会社が」

許さないだろう。たとえ許したとしても、女性社員なら、職場での風当たりはなお強いかもしれない。特に同性からの風当たりが。親しい同期だからセクハラにもならないだろうと思い、言う。

「横井はさ、まだ結婚しないの？」

「別れちゃった」

「え？」

「二ヵ月前かな」

「そうなの？」

「そう。いろいろあったっていうのは、それ」

「あの彼氏だよね？　大学時代から付き合ってた」

「うん」

大学時代から。約十年。長い。おれと綾が知り合ってから今までより、長い。

「何で？」とつい訊いてしまう。

「転勤。向こうの」

「どこ？」

「大阪。悪い話ではなかったの。本社が大阪の会社だから」

「二ヵ月前っていうと、七月の転勤？」

「ううん。転勤は四月。別れたのが七月。三ヵ月は遠距離でがんばった。無理だった。その前に十年付き合ってるからだいじょうぶかとも思ったんだけど、甘かった。試してみて、すぐにわかったよ。あぁ、やっぱり離れたらダメなんだなって」

「そうなっちゃうんだ？」

「なっちゃう。一緒に来てほしいって言われたの。異動の辞令を受けたあと」

「それは、プロポーズ？」

うなずいて、春菜は言う。

「わたしも時間をかけて考えた。でも踏みきれなかった。仕事はやめたくなかったし、今さら東京を離れたくないっていうのも、ちょっとはあって」

「そうか」

「若松くんの披露宴のとき、結構キツかったよ。別れてすぐだったから。田口くんと柳瀬くんには言っちゃいたかったけど、言えないじゃない。場も場だし。披露宴の席で、別れた、はないよね」

「言ってもよかったんじゃないの？　研吾も別れてるわけだし」

「それはだいぶ前じゃない。別れた直後だと、言えないよ」

そうかもしれない。おれだって、あのときは思った。綾とうまくいってないことを悟られないようにしなきゃな、と。

三杯めのビールを頼む。試合後の昴りや綾とのあれこれや春菜に聞いたあれこれが、胸のうちで混ざる。アルコールがそれをさらにかきまわす。試合に勝ったのに、何かに負けたような気分になる。

「そういえばさ」と春菜が言う。「入社二年めぐらいかな。わたしたち、ちょっとあやしくなりかけたことがあるよね」

「あやしいって？」

「付き合いかけたというか何というか」

「付き合いかけてはいないよ」

「でも田口くんがそんなようなことを言ってくれたの。何ならどうか、みたいなこと。わたしに相手がいたから、そうはならなかったけど。でもね、考えたことは考えたよ」

「ほんとに？」

「うん。そのころは、ちょうどあぶない時期だったの。大学のときから付き合ってる彼氏彼女って、たぶん、一度はそうなるのよ。就職して、ガラリと環境が変わるから。それぞれが新しい人とも知り合うし」

「まあ、そうだろうね」

「実際、半分以上はそこで別れちゃうんじゃないかな。で、わたしたちもそうなりそうだったわけ。そこへの田口くんのそれだったから、結構真剣に考えた」

「真剣に考えてる感じはなかったけど」

「そりゃそうでしょ。見せないよ、そんなふうに。見せたら、田口くんだって思うじゃない。彼氏がいるのに考えるのかって。わたしに彼氏がいるのは知らないでそう言ったんだから」

「そうか。じゃあ、惜《お》しいとこまではいってたわけだ」

少しずつ自分がゆるんでいくのを感じる。どんなに飲んだところで、おれは明日もきちんと出社する。起きる時間は遅くなったとしても、ＪＲみつば駅までアスリートダッシュをかけてどうにか通勤電車に乗りこむ。それを知ってるからこそ、もういいや、と思う。

もしも春菜と結婚してたら、どうなっていただろう。そんな、中学生のようなことを考える。サッカーが好きな春菜。結婚しても、部のマネージャーは続けたかもしれない。その部が解散したあと。春菜はおれのカピターレ東京への入団に反対しただろうか。さっきは反対するかもと言っていたが、最後には賛成してくれたのではないだろうか。少なくとも、入団したあとも反対するようなことは、なかったのではないだろうか。

綾と天野亮介のことが頭に浮かぶ。天野亮介の顔など知らないのに、浮かぶ。映画って、何だよ。おもしろかったって、何だよ。天野亮介。カピターレ東京への支援を自社に提案し、見事に実現させた男。優秀なのだろう。おれよりもずっと仕事ができるのだろう。だがおれよりサッカーは下手だろう。一対一を百回やったら、おれは一回も抜かせないだろう。いや、それとも。昔Jリーグのユースチームか何かでサッカーをやっていて、実は相当うまいなんてこともあるのか。一対一を百回やったら、おれを五十一回抜き去ったりもするのか。サッカーの経験者だからこそ、カピターレ東京に興味を持った、のか？

ビールをさらに飲み、正面の春菜を見る。春菜もおれを見ている。視線が合う。そらさない。アルコールがおれのストッパーを外しにかかっている、と思う。それならそれでいい、とも少し思う。七年も前とはいえ、一度は誘った相手。気が合うと感じた相手だ。わざわざ試合を観に来てくれた相手。その後一時間もおれを待ってくれた相手だ。

日曜の午後七時。時間なら、まだある。

痛感の十月

三度めは、映画ではなかった。映画ではないのに三度めとカウントするのも妙な話ではある。でもわたしにしてみれば三度めだ。外で会うという意味での、三度め。

〈冬物のジャケットとパンツがほしいです。また見繕《みつくろ》ってもらえませんか？〉

亮介からそんなメールが来た。

〈喜んで〉

そう返した。また居酒屋さんみたいに。

わたしが常に売場に出てるわけではないと知っているので、日時はメールで打ち合わせた。わたしは自分の出勤日を伝え、時間は亮介に決めてもらった。水曜日の午後六時半になった。その時刻なら店も空いている。閉店まで一時間半あるから、ゆっくり選んでもらうこともできる。亮介も、水曜はノー残業デーなので早く出られるらしい。

知り合いのお客さまが来店されることは、一応、柴山さんに言っておいた。レジ番のあれこれもあるので、念のため、麻衣子さんにも言っておいた。

「知り合いって、どういう知り合い？」と麻衣子さんには訊かれた。

「前にジャケットとパンツを買ってくれたお客さまです」と答えた。

「へぇ。綾さんご指名なんだ」

「わたしがパンツの採寸ミスをしちゃった人です」

「あぁ。その人がご贔屓《ひいき》にしてくれるんだ。やったじゃない」

「やりました」

「ジャケットとパンツを二セットぐらい買ってもらいなよ」

「言ってみます」

「でも男性のお客さまには近づきすぎないほうがいいわよ」

「気をつけます」

亮介は亮介らしく、午後六時半ちょうどに来店した。わたし自身、上りエスカレーターの前にいたのだが、本当に六時半ちょうどに現れたので、驚いた。

「すごいですね。六時半。ぴったり」

「ご迷惑をかけたくないんで。あれ、来ない、と思いながら待たされるのが、僕はいやなんですよ。だから自分もちょうどに行くようにしてます」

「お客さまだから、いいんですよ。売場はずっと開いてますし」

「お客さんだからいいっていうのがいやなんですよ、僕自身がその偉そうなお客になるのが。お客だからいいと言うお客。そうはなりたくない」

「もしかして、接客業をなさったご経験があります？」

「昔カフェでアルバイトをしました。大学時代、この近くの『ルフラン』っていうカフェで。もうなくなっちゃいましたけど」

「だからですね」

「そうかもしれません。店員側というか、働く側の立場で考えちゃうんですよね」

「わかります」

接客業をしていると、いろいろなお客さまにぶつかる。なかには信じられないことを言ってくる人もいる。何で値引きをしないんだ、とか、何で八時閉店なんだ、とか。横柄《おうへい》な人もいる。いきなり怒鳴《どな》る人もいる。男性に限らない。女性にもいる。知っているだけに、自分はそうなりたくないと思ってしまう。

ジャケットとパンツのコーナーに着くと、亮介が言う。

「今日は先にジャケットを決めますよ。そのほうがパンツを選びやすいから」

「わかりました」

「最近、一つボタンのジャケットをよく見ますよね？」

「そうですね。カジュアルなものに多いです。タイトで丈も短めでっていう。女性ものに似た感じでしょうか」

「ビジネスにはあまり向かないんですかね」

「ボタンが一つだからダメということはないと思いますけどね」

「三つボタンのジャケットは、あります？」

「多くはないですけど、ありますよ」

「でもスーツのイメージになっちゃうのかな」

「そんなことはないかと。わたしは好きですよ、三つボタン。一番上のボタンの位置が高くなるから、襟が小さくなりますよね？　あの小さい襟が、かわいらしく見えます。それこそチャップリンのイメージかもしれません。細身の天野さんにはお似合いだと思いますよ」

「チャップリン。その名前を出されたら、試さざるを得ませんね」

そう言って、亮介はその三つボタンのジャケットを何着か選び、試着した。

「ツイードもそそられるけど、まあ、それは次回にして。これとこれなら、どうですか？」

これとこれ。チャコールグレーと紺。

「紺のものをすでにお持ちなら、チャコールグレーがいいかと。で、次回が茶系のツイード。それでどうでしょう」

「あぁ、そうですね。次のツイード込みで、それですね。こっちにします。チャコールグレー」

「ありがとうございます」

そしてパンツに移る。まず何か一つ選んでほしいと言われ、わたしはベージュのものを選んだ。わりと明るいベージュだ。

「ジャケットが濃いめなので、これはどうですか？　次の茶系のツイードにも合いそうですし」

「おぉ。これはいいです。決めます」

「もうですか？」

「はい。一応、ほかも見ますけど、これは買いますよ」

実際、亮介はほかにもいくつか見た。グレー。ライトグレー。細かなストライプが入ったライトグレー。だが結局はベージュにした。

「わたしがおすすめしたからって、無理をなさらなくてもいいですよ」

「そうじゃなくて。やっぱりこれがいいです。最初見せられたときにストンときました。次のツイードも楽しみですよ。何なら今買っちゃいたいぐらいです」

麻衣子さんに言われたことを思いだし、では今どうですか？　と言いそうになった。とどまった。売る側なのに。

試着室で亮介にパンツを穿いてもらい、裾に針を刺した。例によって靴を履いてもらい、歩いてもらう。

「長さはどうですか？」

「ばっちりです」

脱いでもらう。そしてパンツを広げ、メジャーで股下丈を計る。

「八十・五センチですね。よろしいですか？」

「それでお願いします」

「ありがとうございます。承《うけたまわ》ります」

「股下、八十を七十と書いてもらってよかったですよ」

「はい？」

「おかげで映画を観られたし、今こうして有意義な買物もできます」

おかげで、ということはない。せいで、と言うべきだろう。わたしが採寸ミスをしたせいで、今こんなことになっているのだ。亮介に何度も来店させた。買物もさせた。いい映画も紹介させた。夫への愚痴も聞かせた。夫のサッカーチームの支援までさせた。お支払いはカードでよろしいですか？　という言葉を用意していたが、わたしは代わりにこんなことを言う。

「天野さん、このあと、お時間あります？」

「はい」

「閉店したらわたしもすぐに着替えて出るので、どこかでお茶でも飲みませんか？」

「いいですけど。何なら、ご飯も食べますか？」

「いえ。お茶だけで」

てっとり早く、待ち合わせ場所は和光の前、時間は八時半、と決めた。一時間近く待たせてしまうことを謝ると、亮介は言った。いいですよ。書店にでも行きます。

そして午後八時半。着いてみると、すでに亮介はいた。ほかにも待ち合わせとおぼしき人がたくさんいる。午後十時ごろまでは、増えては減って、を三十分ごとにくり返すのだ。

『夜、街の隙間』を観た映画館の近くのカフェに入った。狭い階段を上った先。雑居ビルの二階にあるカフェだ。午後十一時までやっていることを知っていたのでそこにした。貢とも何度か行ったことがある。仕事終わりに食事をすませたあとなんかに。

二人掛けのテーブル席に座り、亮介はカフェラテ、わたしはカプチーノを頼んだ。貢と出くわすことはないとわかっていた。今日は休み。この時間はチームの練習に参加しているはずだ。

リーグ戦最後の試合に勝ち、カピターレ東京は三位になった。だから、それで終わりではなく、まだ続くことになった。あとで、これまでも何度か見ているクラブのホームページを見てみた。試合のレポートのようなものが載っていた。それによれば、何と、貢が点をとっていた。試合終了五分前に貢がとったその一点で、チームはどうにか勝ったのだ。田口の鬼ヘディングで勝利！　と書かれていた。起死回生の一発、だったらしい。

サッカーのことはよく知らない。でもこれは知ってる。貢は守備の人だ。自分たちのゴールに近い辺り、後ろのほうにいる。そして相手チームの攻撃をはね返す。ボールが高く上がると、相手選手と競うようにジャンプして、ヘディングする。相手のゴールのほうにはそんなに出ていかない。でもチームが負けそうなときは、たまに出ていく。この試合もその感じだったのだろう。そこで出ていき、実際に点をとったのだ。

すごいな、とは思った。まだ続いちゃうのか、とも思った。点をとった直後の貢の画像も載っていた。鬼、だった。怒っているように見えた。でも次の画像では、もう鬼じゃなかった。チームの人たちに囲まれ、祝福されていた。その次の画像では、グラウンドに倒されていた。貢自身の顔は見えなかったが、ほかの人たちの顔はどれも明るかった。笑っていた。喜んでいた。貢がそうさせたのだ。

自分が点をとったことを、貢はわたしに言わなかった。言っても喜ばないと思ったのかもしれない。去年までは、貢もわたしに言うことがあった。点をとったよ、と。

そして指を額の真ん中に当て、こう続けるのだ。ここで、と。貢の同期の横井春菜からも聞いた。貢は守備の人なのにチームの得点王でもあるのだと。

春菜は、去年までサッカー部のマネージャーを務めていた。その関係もあって、わたしと貢の披露宴にも呼んだ。三ヵ月前の若松俊平と香苗の披露宴でも顔を合わせた。貢によれば、付き合って長い彼氏がいるらしい。もしその人と結婚するなら、わたしも披露宴に呼ばれるかもしれない。

カフェラテとカプチーノが届けられる。一口飲む。おいしい。が、銀座なので、少し高い。どちらも千円近い。でも今日は私が払うつもりでいる。亮介に時間をつかわせたから。

「貢のチームのこと、ありがとうございます」と、座ったまま頭を下げる。

「いいですよ、そんな。僕が自分のためにやったことだから」

まあ、そうなのだろうな、と思う。貢のためではない。わたしのためでもない。やはり亮介自身のためだろう。でもそれが貢のためにもわたしのためにもなることは確かだ。だからこそ、そのことに感謝したうえで、わたしは言う。

「もう会わないようにしましょう」

「はい？」

「わたしたち」

「どうしたんですか？　急に」

「思ったんですよ。やっぱりいいことではないなと。こんなによくしてもらってそんなことを言うのはズルいとわかってはいるんですけど」

「ご主人に何か言われたとか」

「言われてないです。言ったのはわたし。天野さんと映画を観に行ったことを話しました」

「そうですか」

「はい。隠すことでもないので」

その人、誰？　と貢に訊かれた。答えずにいることもできた。でもわたしは答えた。答えてよかったと思っている。

「勝手なことをしちゃったんですね、僕が」

「そうじゃないです。どれもうれしいです。貢のチームのために動いてくれたことも、いい映画を教えてくれたことも。もちろん、ジャケットやパンツを買ってくれたことも」

「話を上に通す前に田口さんに訊けばよかったですね、そうしていいですかって」

「そんなことないです。わたしに許可をとるような話じゃありません。わたしはチームと無関係なので」

「でも僕は、田口さんからその話を聞いたわけだし」

「わたしが勝手に話したんですよ。そこは気にしないでください」

貢も亮介も、動く前にわたしに言ってくれなかった。貢には怒った。亮介には怒らない。当然だ。貢は夫。亮介はそうじゃない。

「まあ、あれですよ。映画の趣味が合っただけでもうれしいですよ。なんて言ったら、気持ち悪いですか？」

「いえ、そんな」

「正直に言うと、田口さんが結婚してると聞いたとき、あぁ、そうか、とは思いました。ただ、この人ならいいか、とも思っちゃったんですよね。別に変な意味じゃなくて。映画に誘うのはいいんじゃないかなって。チャップリンの話も通じましたし」

意外にも、田口家でよく流れるいやな空気は流れない。亮介はカフェラテを飲む。カップをソーサーに置く。カツンと音がする。

「草食系だの何だのって、よく言われますよ。あんまり求めてこないんだそうです」

「ちょっとわかるような気は、します」

「しますか」

「はい」

「草食とか肉食とか、何なんでしょうね、その分類。草食動物だって、交尾はしますよ」

　そうですね、とは言わない。三十一歳、既婚。とはいえ、一応、女子。言わない。代わりに言う。

「豚丼もお好きですもんね」

「そうですね」

　こんな場で普通に交尾と言えるところが亮介らしい。一緒に映画を観て、ご飯を食べたのは二度だが、売場ではもう何度も会っている。股下丈まで計っている。亮介らしい、と感じるくらいにはなっている。

「支援をやめてほしいとか、そういうことではないですよね？」

「はい？」

「チームのスポンサーにならないでほしい、と言ってるわけじゃないですよね？」

「あぁ。ちがいます。そんなことを言う権利、わたしにはありませんよ」

「よかったです」と亮介は笑う。「なるなと言われてたら、かなり困ってました。チームを支援しましょうと上に提案して、今度はやっぱりやめましょうと提案する。見事な一人相撲をとるとこでしたよ」

　それにはわたしも笑う。笑って見せる。ちょっと複雑な気分だ。亮介は動いた。貢だって動いた。貢の場合、迷惑な動き方ではあったが、まあ、動いた。わたしだけが、動いてない。

「もう会わない。それはいいです。映画を観に行くのはやめましょう」

「はい」

映画自体はもっと観たいな、と思う。『豚と恋の村』、『夜、街の隙間』。ウチのイベントスペースで上映会をやりたいくらいだ。そういうの、本当にできないだろうか。設備がないから上映会は無理にしても、例えばミニシアター復興展とか。

「ただ、お店に買物には行ってもいいですか？」

それにはちょっと驚く。もう来てくれるわけがないと思っていたのだ。行きません、とは言われないまでも、このまま来なくなって終わりだろうと。

「これも変な意味じゃなくて」と亮介は続ける。「ツイードのジャケットもほしいんですよ。買いやすいお店は利用したい。やっぱり、デパートは好きなんですよ。大規模なセレクトショップみたいなもんで、何を置いてるだろうって楽しさがあるから。対応もいいですしね」

「でもわたしは、採寸ミスをしちゃいました」

「ミスは誰でもしますよ。問題はそのあと。田口さんは素早かった。感心しましたよ。まさかその場でメーカーさんに電話をかけてくれるとは思わなかったんで。量販店なら、在庫確認すらしてくれなかったかもしれない。ほかのと交換、もしくは返金、で終わりですよ」

店によってはそうなるだろう。在庫管理をしてないのではない。しきれない。そこまで手がまわらないのだ。

「といっても、結局は人なんですよね。店員さん個人。田口さんじゃなかったら、あの場で電話はしてくれなかったと思いますよ。あとでご連絡します、になってたんじゃないかな。そこまでしてくれるんなら、行っちゃいますよ、買いに」

そう言って、亮介は笑う。カフェラテを一口飲み、カップをまたカツンとソーサーに置く。そのカツンが、とてもいい音に聞こえる。

「もちろん、田口さんが相手をしてくれなくてもいいです。わざわざ呼んだりもしませんし」

「いえ、それはもう」とわたしは言う。「いくらでも呼んでください。大喜びで駆けつけますから。社食でお昼を食べてても駆けつけますよ」

「じゃあ、お願いします。うれしいですよ。デキンにならなくてよかった」

出禁。出入禁止。

なるわけない。

異動するなら十月十五日付けでと言われていた。しなかった。落選したのだ。新プロジェクトのメンバー募集に。

九月に一度、勤務時間中に呼ばれ、面接を受けていた。主に志望動機を訊かれるだけの、本当に簡単な面接だった。具体的に何をしたいのかは訊かれず、ちょっと拍子抜けした。それでも、面接官は三人。人事課長と販売促進課長と販売促進課の主任。主任だけが女性。その脇坂《わきさか》さんという人が新プロジェクトの実質的なリーダーになるようだった。

何故手を挙げたのかという問には、新しいことにチャレンジしたくなりまして、と答えた。新しいことをやってみたくなりまして、でもよかったが、そこはチャレンジという言葉をつかった。今の職場でチャレンジはできませんか？　とちょっと意地悪なことも訊かれた。できないことはないと思いますが、時には環境を変えることも大事だと思いました、と答えた。言葉がスラスラ出たことに自分でも驚いた。長年接客をしてきたこととの成果かもしれない。お客さまに予想外の質問をされることは、多々あるのだ。例えば、社長は何て人？　とか、この店はつぶれないの？　とか。

ほかには、柴山さんにも訊かれたこれも訊かれた。今の職場に不満があって手を挙げたということですか？　そういうことではありません、と答えながら思った。そうです、不満だらけです、と答えたほうがいいのかな、と。そんな人のほうがむしろ意欲は強いはずだ。前の職場を見返してやろう、という気になるだろうから。やはり柴山さんにも訊かれた子ども云々は訊かれなかった。柴山さんがうまく伝えておいてくれたのかもしれない。

手応えのないまま面接は終わった。まあ、ダメだろう、と思った。実際、ダメだった。十月十五日の前日、十四日に通知が来た。面接官でもあった販売促進課の落合《おちあい》課長が直接売場に来るという、ちょっと意外な形で。

もしかして受かったのか？　と一瞬思った。ちがった。

「今回は申し訳ない。ご希望に添《そ》うことはできませんでした」と落合さんは言った。

「あぁ、そうですか」

「でも手を挙げてくれて感謝してますよ。ウチですぐにとはいかないかもしれないけど、またこういう機会はあると思うので、めげずにチャレンジしてください」

「はい。ありがとうございます」ついでに訊いてみた。「あの、こうやって、一人一人まわられてるんですか？」

「うん。手を挙げさせといてノーと言うわけだから、僕らもちょっと心苦しくてね。まあ、同じ店内にいるし、近いから」

同じ店内にいるし、近い。そのとおりだ。でもこういうことは、やれる人とやれない人がいるだろう。たぶん、人事課長からやれと言われたわけでもない。落合さん自身の判断でやっているのだ。

「じゃあ、お邪魔しましたね。これからもよろしく」

そう言って、落合さんは去っていった。そして入れ替わるように麻衣子さんがやってきた。

「今の、販促の落合さんでしょ？　何？」

「落ちちゃいました」と自分から言う。

「ん？」

「新プロジェクトのあれ」

「あぁ。そうなの。それをわざわざ言いに来たの？」

「はい。来てくれました」

「そんなの、内線一本ですむのにね」

効率を考えれば、それが一番だろう。わたし宛に電話をかける必要すらない。上司の柴山さんに伝えればいいのだ。落選した社員のなかには、そうしてもらったほうがいいという人もいるだろう。でも実際に訪ねてもらった者として言えば、決して気分が悪いことはない。ありがたいな、と思える。

「落ちちゃったか」と麻衣子さんは言う。「まあ、企画の経験もない人がいきなりやる気を見せても難しいわよね。そんな社員に仕事をまかせるほど会社は甘くないし」

厳しい意見だが、正しいことは正しい。わたしが落合さんでも、田口綾は採用しないだろう。手塚麻衣子も採用しないけど。

この日の閉店間際には、柴山さんとも話をした。綾さんちょっと、と事務所に呼ばれたのだ。

「残念だったわね」とまず言われた。

「残念です」

「おもしろいと思ったんだけどね。綾さんならもしかして受かるかも、とも思ったし」

「わたしは思ってませんでしたよ」

「どうして?」

「だって、経験がないですもん」

「そんなの、みんな同じよ。わたしだって、もう四十一だけど、企画なんてしたことない。例えば催事にしても、これこれこんな感じでと上から指示されたものを形にするだけ。売場づくりもそう。いいようにどんどん変えてはいくけど、あくまでもベースはあって、その上で商品を動かす。まあ、そうやって動かすだけでも、充分おもしろいけどね」

「はい」

「ほんと、残念だなぁ。落合さんにはわたしもプッシュしたのに」

「ありがとうございます」

「売場のお客さまからご指名がかかるウチのスターですって言ったわよ」

「そんな」と笑いつつ、ひやっとする。

お客さま。たぶん、亮介のことだろう。

「誰が採用されたかは、わかってるんですか？」と尋ねてみる。

「リビングにいる若い男の子みたいね。東郷《とうごう》くんていったかな」

「そうですか。まあ、そうなりますよね」

含みがあるように聞こえてしまったのかもしれない。柴山さんは言う。

「その東郷くんが大卒だから採用されたわけじゃないわよ。もちろん、男だからでもない。これは落合さんもそう言ってた。ただ、経済学部出身で、マーケティングとかそういうのに関する知識があったのが大きかったみたい」

「わかります。わたし自身、東郷くんが採用されるべきだと思いますし」

「前にも言ったけどね、そういうのはあとづけでどうにでもなるのよ。でもやる気だけはどうにもならない。やる気を出せって人に言われても、出ないでしょ？　だからやる気があること自体、一つの武器にはなるの。もちろん、東郷くんにだって、その武器はあっただろうけど」

「はい」

「今は大卒しか採用しないからそんなこともないけど、わたしが入社したころはまだ圧倒的に高卒女子のほうが多かったのよ。で、そのほとんどが二十代半ばでやめていっちゃう。もったいないなぁ、とずっと思ってたの。しかたない面もあったのよね、大きな仕事をまかされることはなかったから」

「そうでしょうね」

「雇用機会均等だの何だのと耳触りのいいことを言っても、肝心の決定権はたいてい男が握ってる。そこは手放さない。それが現実。でも百貨店は、まだ女に仕事の自由を与えてくれるほうだと思うわよ。わたしと同い歳の友だちがよく嘆いてるけど、よそじゃこうはいかないから。まあ、そりゃそうよね。百貨店を支えてくれるのは女性客。女の意見が反映されない百貨店なんて、行きたくないもの」

「行きたくないですね」

「だからこそ、逆にサッカー部があったりするのはおもしろいと思ってたんだけど、中途半端に終わっちゃったわね。うまく活かしきれなかったというか。もうちょっと、やりようはなかったのかな」

そんなふうに考えてみたことはなかった。会社のサッカー部はサッカー部。福利厚生の一環として、社員が英気を養うためのもの。そう思っていた。でも確かに、何らかの形で利用はできたのかもしれない。強くないチームなら強くないチームなりに。スポーツ用品の催事の際にデモンストレーションをするとか。お子さま向けにサッカークリニックを開くとか。あらためて、残念だな、と思う。落とされたことそのものより、新プロジェクトに携《たずさ》われないことを。

その後、売場の備品を取りに総務課へ向かった。従業員用通路に出るとすぐに、階段を上る音が聞こえてきた。カツ、カツ、カツ、カツ、ではない。隙間のない、カツカツカツカツ。駆け足。まちがいない。貢だ。夫の靴音は不思議とわかる。みつば南団地の階段だけでなく、この店の階段でも。

とっさに通路の隅に寄った。閉店後に売場に出すのであろうジャケットが何着も掛けられたラックのほう。そして階段に背を向けてしゃがみ、値札をチェックするふりをした。

貢は気づかずに階段を駆け上がっていく。

「おつかれさまです」と早口の声が聞こえてきた。

「おぅ。おつかれ」と遥かに歳上っぽい男性の声が続く。「田口くん、サッカーやってる？」

貢の靴音が止む。踊り場かどこかで立ち止まったのだろう。

「はい。やらせてもらってます」

「勝ってんの？」

「どうにか」

「いつもそうやって走ってんのは、トレーニングのため？」

「いえ。仕事を早く終わらすためです。この程度じゃトレーニングにはなりませんし」

「そっか。まあ、がんばってよ」

「ありがとうございます」

カツカツカツカツ。音が上っていく。遠ざかっていく。

階段を下りてきた男性が誰かを確かめずにやり過ごし、ようやく立ち上がる。ふっと息を吐き、思う。入社したてのころと変わってない。貢は三十一歳の今も走ってる。階段を革靴で駆け上がる。顔見知り全員にあいさつをする。自分からする。一方のわたしは、そのあたりがちょっと疎かになってる。今のこれがまさにそうだ。あいさつを避けた。一番の顔見知り社員である夫を避けた。よくない。貢が先にわたしを見つけてたら、避けたりはしなかっただろう。貢はそんなことはしない。だからあんなふうに誰からも声をかけてもらえる。サッカーなんかやりやがって、と言われず、励ましの声をもらえる。やることはやるから。仕事は仕事で手を抜かないから。

それから何日かして、その貢にも言われた。

「販促の新しいプロジェクトに応募してたんだって?」

日曜日だが、貢も仕事に出ていた。リーグ戦は終わったが、シーズンは終わってない。ただ、関東の大会は十一月。間があるのだ。そこに向けて、チームは練習している。でも試合ではないので、貢は参加してない。練習のために仕事は休めないからだ。たぶん、上司である中尾さんの意向だと思う。貢も受け入れるしかなかったのだ。本当は練習に出たいだろう。そのくらいのことはわたしも理解できる。カピターレ東京のホームページにも、決戦迫る! と出ていたし。

その日わたしは早番だったので、帰りも早かった。夕飯は食ってくる、と貢が言っていたため、自分の夕食は一人ですませていた。洗いものもすませていた。そして午後九時半すぎに貢が帰ってきた。

「ただいま」

「おかえり」

いつもならそれで終わりだが、この日は自らこう言った。貢の帰りが思いのほか早かったからだ。

「食べてきたよね?」

「うん。牛丼」

そのあとに、それがきた。プロジェクトに応募してたんだって? が。ちょっとあせった。どう言おうか迷った。結果、大して訊きたくもないことを訊いてしまう。

「誰に聞いたの？」

「落合さん。販促の」

「あぁ。知り合いなの？」

「そりゃね。販促だから、つながりはあるよ」

まあ、そうだろう。販売促進課とつながりがない売場なんてない。だからこそ、落合さんもああやって店じゅうをまわり、わたしのところにまで来てくれたのだ。

「奥さんにはすまないことをしたって言われたよ」

「そう」

それだけだった。知らなかったからいきなり言われて驚いたよ、とか、みっともないから言っといてくれよ、とか、貢はそんなことは言わなかった。落選の話は聞いたということだけを、ただわたしに伝えた。わたし自身、ミニシアター復興展をやりたかった、とか、そんなふうに思うようになったからあの人と映画を観に行ってよかった、とか、そんなことは言わなかった。

「わたしは明日休み」と言った。

「おれは火、木」そして貢は言った。「どっちも練習」

並走の十一月

人は何のためにサッカーをするのか。その問に正答はない。その代わり、たぶん、誤答もない。人それぞれに、答がある。とはいえ、ほとんどの選手が、好きだから、としか答えられないと思う。考えに考えた末、そうなってしまうと思う。

親にやれと言われたから。サッカー部はモテそうだから。用具代がそんなにはかからないから。将来、金を稼げそうだから。始めた理由はいろいろだろうが、成人後まで続けた理由となると、好きだから。結局、そこに集約される。プロでもアマでもそう。好きでなきゃ、やれないのだ。それが仕事であろうとそうでなかろうと。

今日もおれは競る。相手フォワードとともにジャンプし、自分の頭にボールを当てる。競り勝つ。

毎年一度ぐらいは、思いだしたように、サッカーのヘディングは脳によくない影響を与える、というニュースが出る。おれにしてみれば、お酒は体によくない影響を与える、というのと同じ。そりゃよくはないでしょ、と思う。やるよりはやらないほうがいいだろう。だがその程度のこと。だからやらない、とはならない。サッカーのへディングで毎年五千人が死亡、しかも試合中に死亡。そんなニュースを見れば少しは考えるかもしれないが、そんなニュースは見ないので、少しも考えない。

だから今日もヘディングをする。何なら、腰の高さのボールにもヘディングする。ひざの高さのボールにダイビングヘッドもする。顔を蹴られる可能性もあるが、それをリスクとはとらえない。顔を蹴られれば、ファウルをとってもらえる。ウチのフリーキックにしてもらえる。

十一月十九日、土曜日。最後も最後。おれは走る。おれだけじゃない。みんな走る。相手チームも走る。いつも全力で走ってはいるはずだが、気持ちとして、それ以上で走る。

ついにここまで来た。関東社会人サッカー大会。その準決勝。東京都社会人サッカーリーグ一部から関東サッカーリーグ二部への昇格をかけた試合。ウチにしてみれば、決勝戦だ。大会としての決勝戦は明日だが、それは決勝でありながら消化試合。すでに上位二チームに入り、関東への昇格が決まった者同士の、気持ちに余裕がある試合。だが一日前の今日は戦いだ。本気も本気のイスとりゲーム。

この関東社会人サッカー大会には、一都七県から十六チームが集まる。それぞれ、地域リーグを制したか上位に入るかした強者たち。その十六チームが一県に集まり、トーナメントで優勝を争う。開催地は各県の持ちまわり。今年は神奈川だ。

決勝まで進むチームは四試合をこなす。サッカーは、野球のように連戦できる競技ではない。が、スケジュールのこともあり、そうも言ってられない。ということで、大会は、十一月の土日を二セットつかって行われる。今年で言えば、五日六日と、十九日二十日。だから準決勝は十九日。プロでは考えられない日程だ。連戦はキツい。三十一歳ではなおキツい。ケガのリスクも高くなる。だが学生時代にやってきたことではある。今でも、二連戦までならいけると思う。実際、いった。いかせた。

二週前の五日六日は連戦だった。おれは二試合とも出場した。スタメンフル出場だ。選手層の薄いおれらがキツいなどとは言ってられない。リーグ戦よりも調整は難しかった。いや。逆に簡単だったと言うべきか。勝てば明日も試合がある。負ければ、ない。ならどうするか。全力でいくしかない。

五日の初戦は二対〇で勝った。前半に一点、後半に一点をとる、いい勝ち方だった。得点者は新哉と明朗。新哉が初めて流れのなかで点をとったのもよかった。

翌六日の準々決勝は、あぶなかった。ひやひやの連続だった。劣勢。負けたら終わり。おれはほとんど上がらなかった。

〇対〇で、ＰＫ戦になった。

その場合のキッカーは、監督が事前に決めていた。順番に、圭翔、至、新哉、おれ、明朗、だ。ＰＫ戦は先攻が有利だと言われる。先攻がゴールを続ける限り、後攻は常にプレッシャーに見舞われた状態で蹴らなければいけないからだ。先攻チームの六十パーセントが勝利する、というデータもある。

で、おれらは後攻になった。キャプテンのおれがコイントスで負けたのだ。だがこの日はキーパーの潤が当たった。それまでもいいセーブを見せていたが、ＰＫ戦でも当たりまくった。まず一人めをいきなり止めた。これは本当に大きかった。そもそも能天気な圭翔が、ほぼノープレッシャーで蹴れた。そして難なく決めた。

それで相手はガチガチになった。二人めは決めたが、三人めは枠を外した。ウチは至も新哉も決め、一対三になった。おれも楽に蹴れるな、と思った。が、思っただけ。蹴るところまでいかなかった。相手の四人めを、またしても潤が止めたからだ。皆で潤のもとへ駆け寄った。体を叩く者もいれば、頭を撫《な》でる者もいた。なかにはジャンピングニーをかます者もいた。圭翔だ。それで次の次の土曜、つまり今日の決戦へとつながった。

その週は、土曜も有休をとっていた。リーグ戦を三位で終え、関東社会人サッカー大会の試合日時も決まった時点で中尾さんに事情を説明し、お願いした。本気のサッカーならぬ、本気のお願いだった。そこは中尾さんも許可してくれた。自身、知人の結婚式で次の土曜に有休をとることになっていたから、ダメとは言えなかったのだろう。その意味でも、風はおれに吹いていた。結婚をこの時期にしてくれた中尾さんの知人に感謝するしかない。あとはもう誰も風疹にかからないことを祈るしかない。

祈りは通じ、おれは試合に出た。チームも連勝した。勝つつもりでいたから、今日の話も中尾さんにはしておいた。土曜を休みにし、日曜を有休にしてもらった。土曜の試合に負けたら日曜の有休は取り消す、ということで中尾さんは納得してくれた。試合に負けたら、と自分で言うのはいやだったが、まあ、それはしかたない。

そして今、おれは準決勝という名の決勝を戦っている。勝ったら上に行ける。二百以上もチームがある東京都社会人サッカーリーグから、二十しかチームがない関東サッカーリーグへ。

高三のとき、選手権の県大会の準決勝で負けた。勝てると思っていた相手に負けたことで、むしろ火がついた。次の決勝も勝ち、全国大会に出ていたら、それで満足していたかもしれない。大学でサッカーをやることもなかったかもしれない。もしそうであれば、今ここでプレーすることもなかった。サッカー部があった今の会社に就職することもなかった。滝本綾と知り合うこともなかった。当然、結婚することもなかった。ではどうなっていたのか。想像もつかない。

相手フォワードがドリブルで向かってくる。拓斗がチェックにいく。そうすることで、ドリブルのコースがゴールからそれる。そこにはおれが待っている。おれは首尾よく相手のボールをかっさらい、ボランチの光にパスを出す。拓斗は初めから、自分で無理に奪わず、おれに奪わせる気でいた。おれにもそれがわかっていた。すべてその場での判断だ。その判断が食いちがうことはない。だからお互いにまかせられる。

拓斗はおれより八歳下。正直、話は合わない。気はそこそこ合うが、話はまったく合わない。おれは拓斗が聴いてる音楽はよくわからないし、読んでるマンガは名前さえ知らない。おれは拓斗に兄弟がいるのかも知らないし、彼女がいるのかも知らない。

こないだ、同い歳の圭翔にこんなことを言うのを聞いた。

「電話をかけてくる前に、かけますメールを一本出してほしいよな。失礼だよ」

驚きのあまり、つい口を挟んでしまった。

「それ、失礼なの？」

「失礼じゃないですか？」と逆に訊かれた。

「うーん」とうなった。拓斗と圭翔が宇宙人に見えた。

だがピッチに立てばそんなことは関係ない。宇宙人とでもサッカーはできる。おれらはサッカー言語で話す。言葉は最低限でいい。外！　詰めろ！　フリー！　それで充分通じる。この状況で、その言葉。選手同士なら伝わる。マークの受け渡しのために許可を得る必要もない。パスを出す前にメールを一本出す必要もない。

試合は一進一退。攻めては守り、をくり返す。お互い無理はしない。探り探りの状態が続く。だが手応えのようなものはつかめた。前の前の日曜、準々決勝で戦ったチームのほうが個々の力は上だろう。いける。そう思った。

　ワントップの新哉が前線から守備をする。中盤の五人は高い位置でのボール奪取を狙う。おれらディフェンスの四人も押し上げる。チームとしての戦いが、ようやくできつつある。シーズン最終盤でのそれ。だがチームとはそんなものだ。選手は毎年入れ替わる。ウチの場合、途中での出入りもある。一定のレベルをキープするのは難しい。難しいが、やらなければならない。やれそうな気にさせるのが、今のこのチームだ。

　去年までいた部のチームに、それはなかった。サッカーは楽しかったが、充足感はなかった。何かをつくり、組み立てている感じもなかった。まずおれ自身が、何かを求めていなかった。期待していなかった。仕事とひとくくりで、会社のこと。そう思うようになっていた。

　相手ミッドフィルダーがフォワードへのスルーパスを狙う。素早く察知してコースに入り、そのパスをカットする。こぼれ球をボランチの至が拾い、攻撃へとつなげる。至から悠馬、悠馬から圭翔、圭翔から新哉。切りこむのはまだ無理と見た新哉が圭翔に戻す。圭翔が今度は明朗へ。明朗は、上がってきた右サイドバック智彦にパスを出す。智彦は最初の一歩で相手左サイドバックをかわし、中央へクロスを入れる。

新哉がワントラップして、シュート。相手キーパーがかろうじてセーブし、ウチのコーナーキックになる。

新哉が両手をパンと叩き合わせるのが見える。ワントラップしたことを悔やんでのパンだろう。ダイレクトで打てていたら、入ったかもしれない。去年までのリーグ三部の試合でなら、ワントラップしても入っていたはずだ。

そのあとのコーナーキックでも、おれはまだ上がらなかった。監督から指示も出ない。前半終了間際。上がってもいいような気はした。ここで点をとられたら相手は痛い。が、カウンターを食って先制されたらウチも痛い。ということで、やはり自重した。

明朗が右足で蹴った左からのコーナーは、センターバックにクリアされた。おれが上がったときにおそらくマッチアップする相手だ。見た感じ、おれより背が高い。だがその割に細い。フォワードからコンバートされたタイプかもしれない。

前半はそのまま〇対〇で終わった。ハーフタイムの監督の指示はこう。

「後半、立ち上がりは落ちついてな。十五分は前半と同じ感じでいい。無理はするな。でも十五分からは勝負だ。仕掛けていけ。右からだけじゃなく、左からも攻めろ。ただ、伸樹は、10番注意な。あいつは左に流れてくるから。ということで、圭翔、頼むな。左はお前がかきまわしてやれ。あと、貢と拓斗は、11番。ファウルをもらいにくるから、ゴール前では特に気をつけよう。今日の主審は結構笛を吹くしな。とにかく、あと四十五分。先は考えないでいこう。今な、今。延長もＰＫも考えるな。考えるのは、そのときになってからでいい。さあ、東京を卒業しよう。勝って関東に行こう。さらにその上に行こう。行けるぞ、お前らなら」

「うぃっす」

後半が始まった。立ち上がりは、指示どおり、慎重にいった。相手も同じだった。先に仕掛けたのはウチだ。長い縦パスを徐々に増やした。やみくもに出すのでなく、ショートパスにうまくそれを絡めた。

そして後半二十分。チャンスはいきなり来た。圭翔から悠馬への横パスがカットされ、そのボールが大きめにこぼれた。そこへ走りこんだ至が、利き足の左でいきなり打ったのだ。速い、いいシュートだった。ブレ球ではない。一直線。揺れもしない。落ちもしない。矢。

ペナルティエリア外からのシュートなのに、キーパーはほとんど動けなかった。虚をつかれたのだ。味方がボールを奪った直後だから。そこだけを見れば、国内トップクラス。いや、もしかしたら、ワールドクラス。本当に震えた。身も心も。ゴールが決まる直前にはもう、おれは前へと走りだしていた。決まるとわかったのだ。至の左足からボールが放たれたその瞬間、音を聞いただけで。

すでに攻めの選手たちに囲まれていた至のもとへたどり着き、おれも頭を撫でた。下手な床屋のシャンプーのように手荒く。ゴシゴシと。そしてすぐに自陣に戻った。

「これからだぞ！」と全員に声をかける。

相手のキックオフの直前、守備陣形を整えるべく、右隣を見た。拓斗がうなずく。相手は出てくるぞ。了解。

残りは二十五分。相手はもちろん出てきた。激しく攻めてきた。ウチ同様、Ｊリーグ加盟を目指すチームだ。しかも創設はウチより前。もう何年も関東への昇格を逃してきた。先を越されたくはないだろう。

打ち合いにはならない。そこからの時間帯、ウチは一方的に攻められる。だが常にカウンターを狙ってはいる。悪くない。そうやって、少しずつ時間を消化していけばいい。はずなのだが。そうもいかないのがサッカーだ。

今日はここまでキレキレの至が、左に流れた10番からボールを奪い、素早く上がった左サイドバックの伸樹にパスを出した。伸樹から明朗へ。一気のカウンター。明朗がためをつくり、皆が押し上げた。明朗はやわらかなタッチでふわりとしたボールを新哉へ。新哉はそれを頭で圭翔の足もとに落とし、圭翔がシュート。だがそれを相手キーパーがセーブ。こぼれ球を悠馬が狙うも、相手センターバックがかろうじてクリア。そう。かろうじての、クリア。セーフティファーストでとにかく前に蹴っただけのボール。

　それがたまたま相手の10番に渡った。悪く言えば守備をサボってこちらに残っていた10番に、だ。10番は、走りこんだ11番にパスを出す。オフサイド、と思ったが、右サイドの智彦が残っていた。おれも拓斗も戻りきれなかった。パスを受けた11番は、キーパーの潤と一対一になった。

　すでに前に出ていた潤は、さらに出るしかなかった。ペナルティエリア外。キーパーとはいえ、手はつかえない。潤は足でのタックルにいった。ファウル狙いで倒れたりはせず、11番はそれをかわした。そしてやや体勢を崩しながらも、無人のゴールにボールを流しこんだ。カウンターのカウンター。うそみたいなゴールだった。

　んんん、という声が口から洩れた。たぶん、チーム全員の口から洩れたと思う。選手たちだけでなく、ベンチの監督や桜庭さんや成島さんや真希の口からも。

「オーケーオーケー。今から今から」と声を出す。

　何人かはうなずき、何人かはうなずかない。マズいな、と思う。さらに声を出す。

「切り換えろ！　立て直すぞ！」

「残り十！」との声が監督からかかる。「勝負！」

　残り十分で点をとりにいけ、ということだ。当然だろう。一対一になっただけ。〇対〇と同じ。試合開始時と同じ状況になっただけ。

負けない。こんなときのために、おれはこのチームに呼ばれたのだ。若いチームが追いこまれてバタバタしないよう。踏みとどまるための重しとして。今この時間、おれの仕事はそれだ。婦人服を売ることではない。裏の階段を駆け上がることでもない。切り換えること。立て直すこと。

耐えに耐えてボールを奪い、ようやく攻撃に出た。左サイドの仲樹が持ち上がり、圭翔へ。圭翔から悠馬へ。悠馬から明朗へ。明朗から新哉へのラストパスは、相手センターバックにカットされた。だがウチのコーナーキックになる。

拓斗と目を合わせる必要もない。おれは前線に上がる。ゴールを狙いにいく。一点をとりにいく。予想どおり、長身の相手センターバックがおれのマークにつく。ボールが蹴られる前から体を当ててくる。おれも当て返す。右へ左へと動く。相手もついてくる。いったん下がり、また上がる。そしてまた下がる。

明朗が右足でコーナーを蹴る。高いボールではない。低い。その代わり、速い。おれは一気に飛びこむ。頭からいく。相手より先に触り、体を右にひねる。ヒットはした。が、ポイントが少しずれた。ボールはゴールポストのわずか左を通り、ピッチの外に出た。相手のゴールキックになる。これでいい。シュートで終われた。自陣に戻る時間も稼げる。次は、相手がおれを警戒するだろう。そうなれば、マークが分散する。新哉や圭翔にもチャンスが生まれる。

だがそのチャンスはやってこなかった。先にピンチが来た。今度はカウンターではない。シンプルに攻められた。伸樹が上がって空いたスペースをつかれたのだ。前がかりになっていたため、本来ならそのスペースを埋めるはずの至の戻りが遅れた。そこでボールを受けた10番への対応にはおれが出た。絶対に一対一でやられてはいけない場面だ。

10番は、10番だけあって技術が高い。一度はフェイントでかわされそうになったが、どうにか食らいついた。前は向かせても、シュートは打たせなかった。が、まわりこんでいた11番にパスを出された。もう一人のフォワードを見ていたので、拓斗もつききれなかった。どうにか戻った至が後ろから懸命に足を出す。11番は転んだ。

主審の笛が鳴る。ＰＫだ。しかも、至にはレッドカードが出た。後ろからのファウルということで、一発退場。足はかかってないと至は言ったが、聞き入れられなかった。自身、わかってはいたのだ。ここで止めなければやられると。

至が退場し、ウチは十人になった。こうなれば、あとはもう延長狙い。何ならその先のＰＫ戦狙い。だがその前に、至のファウルで与えたＰＫがあった。倒された11番自身が難なくそれを決めた。キーパー潤の読みは外れた。潤は左に跳び、11番は右に蹴った。

明朗がゴールに転がったボールを拾い、センターサークルへ駆け戻った。

「まだまだ！　まだあるぞ！」とおれも声をかけた。

皆、うなずいた。が、そのうなずきは、もはや儀礼的なものでしかなかった。キックオフ後数十秒で、最後の笛が鳴った。ピッ、ピッ、ピーッと三度。

一対二。カピターレ東京は負けた。関東社会人サッカー大会、準決勝で敗退。関東サッカーリーグ二部への昇格の道は断たれた。

短くも長い、シーズンが終わった。

上がれない可能性もある。それはわかっていた。上がれなかったところで何が変わるわけでもない。それもわかっていた。実際に上がれなかった。実際に何も変わらない。

試合終了直後は、さすがに力が抜けた。ピッチに座りこみ、しばらく立てなかった。十一人全員がそうだった。だが新哉が立つのを見て、おれも立った。そして皆を立たせ、相手チームとのあいさつをすませた。二十代半ばとおぼしきキャプテンには、おめでとうを言った。だがその一度だけ。あと十回言う気にはならなかった。一人一人と握手をし、ただ会釈《えしやく》をした。

試合後のミーティングでは、監督が言った。

「おつかれさん。みんな、よくやってくれた。誰かが勝つときは誰かが負ける。今日はウチが負けた。次勝とう」

次。来年。あらためて、東京都社会人サッカーリーグ一部の全日程をこなさなければならない。三位に入らなければならない。入れる保証はない。これを何度もくり返すことで、意欲やレベルを低下させてしまうチームもある。

「ただ、今日の試合は今日の試合で、今日のうちに反省しよう。おれは二つポイントがあったと思ってる。一つは、先制したあとの守備。誰がってことじゃない。ベンチのおれも含めて、みんなゆるんだ。よくない意味で、勝てる、と思った。失点にじゃなく、得点に振りまわされた感じだな。もう一つは、追いつかれたあとの守備。結局は守備だ。ディフェンス陣が悪いというんじゃない。全体が下がった。もう点をとられたくない、になった。そう思うのはしかたない。でも思ったうえで前に出ていけるようにならないとな。おれも精神論はきらいだが、じゃあ、技術戦術だけで勝てるかっていうと、そうでもない。みんな、高校大学とやってきたんだ。そんなことはもう、いやというほどわかってるよな。じゃあ、どうするか。チームとして経験を積むしかないんだ。この経験を活かせ、なんてきれいごとも言いたくないが、こうなったからには活かすしかない。それぞれの都合もあるから今すぐ決められることじゃないが、おれは来年もこのメンバーでやりたいと思ってる。東京一部も関東大会も、ウチの力ならぶっちぎりで優勝しなきゃいけないと思ってる」

そのあとを、スーツ姿の立花さんが引き継いだ。

「今池内が言った以上のことはない。カピターレ東京は来年も東京一部で戦う。いつまでもそこにいるわけにはいかない。上を目指すチームが三年も四年も同じリーグにいていいわけがない。来年は必ず上がる。そのためにも、残れるやつは残ってほしい。以上」

そしてチームは解散した。とりあえずだが、まさにの解散。残る残らないの話は、後日、立花さんと個別にする。退団する者とはもう顔を合わせない可能性もある。

シャワーを浴び、マッサージを受けて、試合場をあとにした。試合が終わったのが午後一時で、今が午後三時。場所は神奈川。おれは遠いが、むしろ近い者もいる。いつもの練習や試合と大して変わらない。移動も自費だ。

駅に向かって歩きながら、おれはまず会社に電話をかけた。出たのは増渕葵だ。試合に負けたことを話し、だから明日の有休はなしにする、と伝えた。

みつばにはまっすぐ帰るつもりでいた。電車に乗ってから、昼食をとってないことに気づいた。気づいたことで、やっと空腹を覚えた。乗り換えの東京駅でそばでも食べようかと思ったが、いざ着いてみると億劫《おっくう》になり、そのまま下りの快速電車に乗った。そしてみつば駅で降り、改札を出た。

午後五時。はっきりと空腹を覚えた。みつば南団地の自宅に戻っても、綾はいない。早番だから遅くはならないが、おれの食事の支度はしない。いらないと言っておいたのだ。試合に勝って、皆と祝杯を挙げるつもりでいたから。

コンビニ弁当を家で食べる気にはならなかった。といって、みつば駅の周辺は住宅地なので、飲食店はあまりない。ファミレスが二軒と居酒屋が二軒あるだけだ。どちらにしようと思い、居酒屋にした。ちょっと高い蜜葉屋《みつばや》ではなく、安いチェーン店のほう。五時だから、もうやっているはずだ。

というわけで、その店に入った。まさに開店直後。おれが最初の客になった。一人客のためのカウンター席もいくつかあるが、さすがにその時刻、店員はおれを二人掛けのテーブル席に案内してくれた。

居酒屋なので飲みものを頼まないわけにもいかず、ビールを頼んだ。枝豆と焼鳥も頼む。春菜と飲んだときと同じだと気づき、苦笑した。ビールはすぐに届けられた。向かいは空席。それでもおれは一人、微かにジョッキを掲《かか》げ、乾杯した。何に？　シーズンの終了に。大きなケガもなく、どうにかシーズンを終えたことに。

ビールを飲む。ゴクゴク飲む。ジョッキの半分を飲んでしまう。それも、春菜と飲んだときと同じだ。空腹だったためか、アルコールが体の隅々まで行き渡る感じがした。ふうっと息を吐く。それでは足りず、もう一度吐く。二度めは長く、ふうぅっと。

明日は会社に行く。神奈川の試合場には行かない。行われるのは決勝のみ。三位決定戦は行われないのだ。それでいい。わざわざ出かけていって、そんな試合をやる意味がない。関東二部昇格を逃した者たち同士が大会での三位を争うことに意味があるとはとても思えない。

最後の試合が終わった。このあとも体は少し動かすだろうが、もう年内に試合はない。よくやったな、と思い、よくやったのか？　と思う。皆とおつかれを言い合い、別れて一人になってからは、さすがにポヤ〜ンとした。そのポヤ〜ンは、今なお続いている。こうして居酒屋のテーブル席に落ちつき、ビールを体に流しこんでみて、わかった。ごまかそうとしてきたが、無理だ。

ものすごく、悔しかった。頭を、そして胸をかきむしりたくなるくらい、悔しかった。ビールを飲んだことで、まさにストッパーが外れた。抑えていたものが一気に出た。予想を超えてすさまじく悔しいことに、おれ自身が驚いた。高三の県大会、その準決勝で負けたときも悔しかった。あのときとはまたちがう種類の悔しさがあった。

本気だが無報酬のサッカー。ある程度のレベルは求められるが対価は支払われないサッカー。だからこそ、やらされていたのでなく、望んでやっていたことに、あらためて気づいた。おれはこの歳になって初めて、本気でサッカーを求めたのだ。本気で求めたからこそ、負けがこんなにも悔しい。

ビールをさらにゴクゴク飲む。枝豆を持ってきた店員に、二杯めを注文する。すぐに届けられたそれも、ゴクゴク飲む。

一つ一つのプレーが、まぶたの裏に映像としてよみがえる。相手フォワードとヘディングで競り合った場面。カウンターのカウンターを食い、失点した場面。コーナーキックからのヘディングシュートをゴールの枠に収められなかった場面。相手の10番と一対一になった場面。

空中での競り合いでは負けなかった。脅威を感じる相手もいなかった。とられた一点めは、もう少し注意が必要だった。してはいたつもりだが、自分たちがカウンターに出たことで、その注意が薄れた。センターバックのクリアボールは、たまたまいいパスになっただけ。だがああいうこともある。想定はしておくべきだった。

おれ自身のヘディングシュートは、枠に収めなければいけなかった。もう少しふくらんでからなかに切れこんでいれば、ゴールに向かう角度でヒットできた。あれが決まっていたら、流れはちがっていた。今ごろおれはこんなところで中生を飲んではいないはずだ。中生は中生かもしれないが、皆と笑顔で飲んでいただろう。

そして10番との一対一。そこは負けなかった。五月の試合で相手フォワードにやられたときのようなヘマはしなかった。きちんと修正し、対応した。そう。まだ対応できた。三十一歳の今でも。それは誇っていい。

ゴクゴクではなく、ビールをガブガブ飲む。焼鳥を持ってきた店員に、三杯めを注文する。すぐに届けられたそれも、ガブガブ飲む。

負けは負け。受け入れなければならない。おれは立花さんや監督の期待を裏切った。途中からはキャプテンにまでしてくれたのに、裏切った。ここ三年続けて上のリーグに昇格してきたチームを初めて足踏みさせた。手が届くところまでは行ったが、あと一つ足りなかった。職場ではされていない期待。その期待に応えられなかったことが、本当に悔しい。

その後も、おれはビールを飲みつづけた。一人、飲んで、飲んで、飲んだ。食事をしようと店に入ったはずなのに、枝豆と焼鳥のほかは頼まない。ビールだけをひたすら体に流しこんだ。

店を出たのは、午後八時。スマホで時間を見て、驚いた。三時間も居酒屋にいたのだ。一人で。

十一月の夜。外はもう寒い。吐く息が微かに白い。だが心地いい。体のなかは熱く、表面は冷たい。みつば南団地に向かった。が、左に曲がるべきところで曲がらなかった。ここから先にはもうないな、と気づき、コンビニで缶ビールを買った。五百ミリリットル缶だ。スポーツバッグには入れず、それを手に持ったまま、海まで歩いた。

人工海浜。砂浜。そのかなり手前、コンクリートの堤防に腰掛ける。土曜だからか、そんな時刻でも人がいる。高校生らしきグループ。男女のカップル。飼主と犬。ところどころに街灯があるので、暗くはない。砂浜の先に海が見える。何のことはない。東京湾だ。波の音が聞こえる。うるさくはない。都市部ですもの、うるさくはできませんよ、と控えめに打ち寄せる感じだ。波しぶきだけが白い。海全体は黒い。

いつも、この堤防のすぐ後ろの道を走る。アスファルトの道路だ。直線で信号がないから走りやすい。そして大きくまわり、内陸側、陸橋を渡った高台の四葉まで行く。それがおれのランニングコースだ。十キロ近くになる。アップダウンがあるから、いいトレーニングになる。足腰を鍛えるため、時には砂浜を走りもする。短い距離のダッシュ。それを何本もやる。時間帯によっては、子どもを連れた若い母親に、何なの、この人、という目で見られる。ママあの人何してんの？　という子どもの声が実際に聞こえてくることもある。

缶のタブをクシッと開け、ビールを飲む。うまいな、という思いと、もうそんなにうまくないな、という思いが同時に湧く。酔っている。このビールを飲み終えたら、砂浜でダッシュをやりだすかもしれない。十本も二十本もやり、最後にはぶっ倒れるかもしれない。まあ、それもいい。

スマホの着信音が鳴る。電話だ。パンツの前ポケットから取りだして、画面を見る。

〈綾〉

出る。

「もしもし」

「わたし」

「ああ」

しばしの間のあと、綾は言う。

「どうした？」

何が？　と言いそうになって、試合の結果を訊かれたのだと気づく。

「負けたよ」

「そう」

「シーズンは終了」

「うん」

やはりしばしの間のあと、綾が尋ねる。

「今どこ？」

「外」と答える。「海」

「海？　どこの？」

「みつば」

「何、もう帰ってきてるの？」

「うん」

「何してるの？」

「飲んでる」

「チームの人たちと、ではないよね？」

「ではない。一人」

「一人で飲んでるの？　海で」

「そう」

　そこでも間ができる。何を言えばいいかわからない。通話をどうやって終わらせればいいかもわからない。わからないまま、間は長くなる。通話中の間としては、相当長い。夫婦の間としても、相当長い。目を閉じる。何かがグルグルと渦《うず》を巻く。開いた口から言葉が出る。

「おれ、何か、キツいわ」

　自分でも意味がよくわからない。綾はもっとわからないだろう。

「ねぇ、だいじょうぶ？」

だいじょうぶかどうかもわからない。だいじょうぶと伝えるつもりで、言う。

「もうちょっとしたら帰るよ」

そして電話を切る。いい感じに切れた、と思う。綾も、そういやな気分にはならないだろう。

スマホをパンツの前ポケットに戻す。スポーツバッグを枕代わりに、堤防の上で横になる。人一人がちょうど横になれる幅があるのだ。ただし、寝返りを打ったら、およそ一メートル下に転落する。右に打ったらアスファルト、左に打ったらコンクリート。

仰向けになり、夜空の星を見る。それを愛《め》でる感性は、残念ながら、ない。おれがわざわざ夜空を見るのは、夜の試合のときぐらいだ。蹴り上げられたボールを見る。その背景が夜空。そんな具合。

横たわるとグルグルが増すことがわかったので、起き上がる。体は疲れているから寝そべりたいが、そのグルグル感もツラい。明らかに飲みすぎだ。

それでも、ビールを飲む。考える。

負けた。と、またそこへ戻る。やれる手応えはつかんだが、負けた。次やれば勝てるかもしれない。が、負けるかもしれない。何度やっても負けるかもしれない。上がるどころか、下がるかもしれない。去年いたリーグ三部に落ちることはないだろうが、二部には落ちるかもしれない。やるなら、それを知ったうえでやらなければならない。おれにやれるのか。

ふうぅぅぅぅぅっと息を吐く。吐けるだけ吐く。今度は綾のことを考える。

プロジェクトに応募していたと、販促の落合さんから聞いた。そのとき、落合さんは言った。ここだけの話ね、奥さんのこともほしかったんだ。事実、もう一人とれないかと上に打診もした。でもやっぱり無理でね。残念だよ。上司の柴山さんからもできる人だと聞いてたし、面接で実際に話をしてみて、そうだろうと僕自身も思った。せっかく手を挙げてくれたのに、ほんと、申し訳ない。

できる人。前に中尾さんも綾のことをそう言った。あのときは、できる奥さん、だったが。

ダンナのおれにだから言うのだろうと思っていた。たぶん、ちがう。綾は、本当にできるのだ。売場で見かけたときの感じでもわかる。いや、もっと身近なところで、家事のこなしぶりを見ればわかる。中尾さんはともかく、落合さんの言葉がうそだとは思えない。

もう一度、ふうぅぅぅぅぅっと息を吐く。吐けるだけ吐き、ゆっくりと吸う。

何だろう。時間の感覚が薄れた。ここに来ていったい何分経ったのか。ずっと見ていたはずなのに、気がつくと、微妙に風景が変わっている。飼主と犬がいないのはいいとして。いつの間にか高校生らしきグループもいなくなっている。男女のカップルはいるが、さっきいた二人とはまた別の二人っぽい。

そもそも、ここは本当にみつばの海なのか。綾にはそう言ってしまったが、神奈川のどこかの海だったりするんじゃないのか？

笑う。完全に酔っている。その証拠に、綾が見える。右方からこちらに歩いてくる綾の姿が見える。酔って記憶をなくすならともかく。幻覚はマズい。その幻覚は、しゃべる。

「何してるのよ」

幻聴？

「ほんとに飲んでるの？」

「あぁ」

「夜の海で一人で缶ビールって、何よ。おじさんみたい」

何を言おうか迷い、こんなことを言ってしまう。

「ホームレスの？」

「そうは言ってない」と言って、綾がおれの隣に座る。スポーツバッグを挟んだ、右隣だ。

綾。実物。パーカーにジョガーパンツ。駅前の大型スーパーに買物に行くときのような服装の、綾。いきなりの出現にとまどう。先の電話同様、間ができてしまう。

「どうして？」とアバウトに尋ねる。

「何かおかしかったから」とそこはすぐに答がくる。

「おれ、おかしかった？」

「おかしいでしょ。電話であんなこと言うんだから」

あんなこと。おれ、何か、キツいわ。

「心配になるよ。もう寒いし」

「そんなに寒くはないよ。飲んでるから」

「だから心配なの。飲んで寝ちゃったりしたら、カゼじゃすまないかも」

「死にはしないよ」

「でも肺炎とかにはなる。肺炎は、死ぬよ」

「よくわかったね、ここが」

「海だって言うから。いつも走ってる辺りだろうなと思った。ほんとにいた」

「女一人じゃあぶないよ」

「だったら、来させないでよ」

ともに前方、黒に白が交ざる海を見ながら、そんな話をする。来させたつもりはなただろう。

い。来るなんて、思いもしなかった。思ったとしても、まさかな、とすぐに打ち消し

「この時間でも人はいるんだね」と綾が言い、

「うん」とおれが言う。

「まあ、夜の海を見たがるカップルは、いるか」

「土曜だし」

「平日でも、いるでしょ。次の日が仕事だとしても、カップルはがんばるよ」

「かもな」

おれと綾。二人で夜の海を見たことはあるだろうか。夜空の星を愛でる感性のない

おれと、サプライズを好まない綾。たぶん、ない。

「いつも思うんだけど。試合に負けるのって、そんなに悔しいの？」

「悔しいな。何でこんなに悔しいんだよってくらい、悔しい。勝ったらいくらかもら

えてたってわけじゃなくても」

「負けたらいくらか払わなきゃいけない。それで負けたほうが悔しいんじゃない？」

「どうだろう」

そうかもしれない。負けて払う場合のほうが、意欲は高まるだろう。人間誰しも、

得をしたいという気持ちよりは損をしたくないという気持ちのほうが強いから。

「そんなに悔しいのに、また試合をやるんだ？」

「やるね」

「負けるとわかってても、やる？」

「負けるとわかってる試合なんてないよ」

「あるでしょ」

「例えばプロチームと試合をやるとする。力の差はある。でも試合前に食べたしめサバに相手の全員があたって、運動量が落ちるかもしれない。ロクに走れなくなるかもしれない」

「何よ、それ」と綾が笑う。

そちらを見てはいないが、笑ったことが声でわかる。久しぶりに、綾のそんな声を聞く。

「試合前に、サッカーチームがしめサバを食べるの？」

「食べない。試合では、予想もしなかった何かが起こるってこと」

ビールを飲む。もう冷たくはないが、生ぬるくて飲めない、というほどでもない。綾がおれを見る。飲む？　と尋ねる。声でではなく、缶を差しだす仕種《しぐさ》で。

「いい」と綾は声で言う。そしてこう続ける。「でもやっぱりもらう」

缶を渡す。綾が一口飲む。

「ぬるい」

それが一口めなら、そうだろう。浴びるほど飲んだおれの感覚が鈍くなっただけだ。ぬるいとは言いつつ、綾は缶を返さない。もうおれに飲ませないようにする気かもしれない。

「明日は出るから」と自ら言う。

「ん？」

「仕事」

「あぁ。そうなの？」

「うん。負けたから。休む理由がない」

綾は意外なことを言う。

「一日ぐらい休めば」

「いや。もう会社に言っちゃったし」

「電話したの？」

「そう。有休を取り消してもらわなきゃいけないから」

「明日は仕事なのに、そんなに飲んだんだ？」

「そんなに？」

「これが最初の一本てことはないでしょ？　電話の声も、相当きてたし」

「おかしなことをしでかすんじゃないかと思った」

「きてたよ。おかしなことって？」

「きてた？」

「わかんないけど」

この一年だけにしてね、と前に綾は言った。その一年が終わった。気持ちは変わっていないだろう。変わる理由がない。おれ自身、それについて、今は何も言いたくない。酔ったこの状態では言いたくない。酔ってるから言ったのだと思われたくない。

俊平の披露宴で自分が言ったことを、ふと思いだす。

結婚は、それ自体が奇跡。

そう。たかが紙切れ一枚。おれはその紙切れ一枚で、綾のことがほかの誰よりも好きだと公的に表明したのだ。と同時に、綾にも表明してもらったのだ。確かに、人としての自信になった。うれしかった。そのうれしさまでも思いだす。思いだすということは、忘れてたのかよ、と苦笑する。

「何？」と言われ、

「いや」と返す。

サッカーとは別のところで、自信が少しだけ戻った。あらためて気づく。今一番ここにいてほしかった人が、今ここにいる。これも奇跡だと思う。夜空の星が、少しはきれいに見える。

「一つお願いがある」とおれは言う。

「何？」とやや不安げに綾が言う。

これは聞き入れてもらえる自信がある。

「明日の朝、起こしてよ」

「もちろん、強制じゃないわよ」と柴山マネージャーが言う。「こんな話もあるからお知らせしておきますっていうだけ」

今回は二人きりではない。事務所ですらない。レジ付近での立ち話。雑談レベルだ。

名古屋店の新館リニューアル。メンズ館として、来年四月に再オープンの予定。これまでより規模が大きくなるので、その再オープンに携わる社員を各店から数名募集するのだという。期間は二年限定。ただ、相談には応じてくれるらしい。そこが気に入れば、残れる可能性もあるということだ。

「名古屋店は、紳士が弱かったのよね。だから思いきって勝負に出たわけ。今さらメンズ館て、かなりの大勝負よ」

「各店から募集っていうのはすごいですね。引っ越さなきゃいけないのに、手を挙げる人、います?」

「意外といるんじゃない？　新しいお店はやっぱり魅力でしょ。何といっても、自分たちでつくり上げていく楽しさがある。だからね、そのことを聞いて、綾さんに話してみようと思ったの。紳士だったらバッチリじゃない。経験もあるわけだし」

「でも。名古屋ですよね」

「問題はそこよね」

「異動は、四月一日付けなんですか？」

「いや、もう少し早くなるんじゃないかな。四月オープンで四月一日の異動じゃ遅いでしょ」

「あぁ。そうですよね」

「だから、一ヵ月前とか。もしかしたら、二月十五日とか」

「おもしろそうではありますけどね」

「頭の隅には入れておいて。応募の締切は年明けの六日だから、考える時間はあるし」

「はい。気をつかっていただいて、ありがとうございます」

「いえいえ。ほんとに、応募しなさいってことでも何でもないからね。そこは勘ちがいしないでね。常識的に考えて、綾さんが行けるわけないんだから。あくまでも、そんなお話がありますっていうこと。田口くんに、柴山さんにすすめられた、なんて言わないでね。すすめてはいないから」

「わかりました」

「じゃ、ちょっと行ってくるわね」と言い、柴山さんはふざけて顔をしかめる。「マネージャー会議。目標未達がどうのとつつかれる。いやんなっちゃう」

「いってらっしゃい」

柴山さんが去ったあとも、わたしは一人でレジ番をする。名古屋は遠いよなぁ、と思う。豊橋には一度行ったことがあるが、名古屋はない。新幹線で通ったことがあるだけだ。きしめんと味噌煮込みうどんと味噌カツのイメージしかない。あとは、結婚式が大変、とか。

名古屋を通ったそのときは、鳥取に行った。結婚する前に、貢と。二人で夏季休暇を同時期にとって。京都は名所が多すぎて疲れてしまいそうだったので、なら鳥取に、となった。砂丘に行くことにしたのだ。

砂丘はこぢんまりしててよさそうだな、と思ったら、本当にこぢんまりしていた。予想よりずっと狭かった。地平線まで見渡す限り砂丘！　なんてことはなかった。すんなり見渡せてしまった。登山者気分でそうした人がいたらしく、高くもない丘の頂に竹の棒が突き立てられていた。近くにいた大学生らしきグループの一人が、こうしてくれるわ、とその棒を引っこ抜いた。その言葉がおかしくて、貢と二人で笑ったのを覚えている。

フロアの通路を、一人の男性が歩いてくるのが見えた。四十代前半ぐらい。スーツ姿。がっしりした体つき。男性は角を右に曲がらず、奥まったこちらへとやってきた。

応対すべく、わたしもレジカウンターへと進み出た。まずは会釈をする。

「田口綾さんですか？」といきなり言われる。

「はい」と応える。

カウンターを挟んで向かい合う。男性は背が高い。貢と同じぐらいか。

「突然すみません。向こうの売場で、田口さんはこちらにいらっしゃると聞いたので」

「そうですか」

「初めまして。ごあいさつが遅れて申し訳ありません。タチバナといいます」

「どうも」

どこのメーカーさんだろう、と思った。初めましてだから、わたしが忘れたわけではない。差しだされた名刺を受けとって、見る。

カピターレ東京　代表理事　立花立
そう書かれていた。たちばなたつる、と読みがなもふられていた。

「あぁ」とつい声を洩らしてしまい、あわてて続ける。「貢がお世話になっております」

「いえ。お世話になってるのはこっちです。田口くんにはお世話になりっぱなしです。で、ついには奥さんにまで」

「はい？」

「クラブのスポンサーの件で」

立花立さんは、天野亮介の会社の名前を挙げた。

「あぁ。はい」

「そちらにはいろいろと支援していただけることになりまして」

「そう、みたいですね」

「来年からはユニフォームの胸にロゴマークが入ります」

「文具会社さんのロゴ、ですか」

「ええ。スポーツ関係の会社さんだけがスポンサーになってくれるわけではないので。おもしろいですよ、文具会社さんというのは。すごくありがたい。スポーツと文化の垣根をなくしたいというウチのクラブの理念とも合います。で、奥さんもこちらにお勤めだと聞きまして、お礼に伺《うかが》いました。ご自宅にというわけにはいきませんが、こちらならいいかと」

「わたしは何もしてませんけど」

「いえいえ。ウチのクラブを紹介していただきました」

「それは、あの、たまたま貢の話をしただけで」

「でもそこから始まった話です。充分、お礼に値しますよ。ということで、つまらないものですが、これを」

洋菓子の詰め合わせだった。紙袋だけでわかる。わたしが好きなお店のものだ。TYマーク。鶴巻《つるまき》洋菓子店。

「本当はこんなものでごまかしちゃいけないんですが」

「いえ、そんな。でも、頂けませんよ」

「そうおっしゃらずに。あくまでも気持ちですから。甘いもの、おきらいではないですよね？」

「きらいでは、ないです」

「ここまで来てから、あっと思ったんですよ。どうせなら地下のお菓子屋さんで買うべきだったなと。そうすれば売上に貢献できますからね。気がまわりませんでした。失礼しました」

「いえ。わたしもこんなこと言っちゃいけませんけど。そのお店のものは、とても好きなので」

「よかった。ではぜひ」

「すみません。じゃあ、遠慮なく」

「どうぞどうぞ」

その品を、ありがたく頂戴《ちょうだい》する。そしてふと思いついたことを口にする。

「そういえば、今日、貢は休みですけど」

「いいですいいです。今日は奥さんにお礼を言いに来ただけなので」

「たぶん、今ごろは走ってますよ。砂浜とか、高台とかを」

「そうですか。さすがキャプテン。頼もしい」

貢がキャプテンになったことは知っている。チームのホームページにそう書かれていたから。試合の画像でも、確かにあれを巻いていた。ガムテープならぬ、キャプテンマークを。

「あの、素人考えなんですけど」

「はい」

「入ったばかりの選手をいきなりキャプテンにしちゃって、だいじょうぶなんですか？」

「だいじょうぶですよ。チームに長くいるかは、あまり重要じゃないんです。プレーでもそれ以外の部分でも信頼できる人間であることが何よりも大事です。三ヵ月もチームにいれば、そのあたりのことはわかります。信頼できない人間にキャプテンをまかせたりはしませんよ」

お世辞ではないように聞こえた。少しも混ざってないはずはないが、混ざっていても少しだろう、と思えた。

「わたし、サッカーのことを何も知らないんですよ。土日はあまり休めないので、試合を観に行ったこともないです。貢も、観に来いとは言いません」

「言いませんか」と立花さんが笑う。

「はい。むしろそういうのはいやなんだと思います。集中できなくなるのかも。わたしなら、たぶん、そうですし」

「どちらのタイプもいますからね。観に来てくれたほうが力を出せるタイプと、そうでないタイプと」

「わたしがこんなことをお訊きするのも何ですけど、貢は、いい選手なんですか？」

「いい選手ですよ。今年は最後の最後で負けてしまいましたが、田口くんがいなかったらその最後の舞台にも立てなかったんじゃないかとわたしは思ってます。これはわたしだけじゃない。監督もほかの選手たちもそう思ってるはずですよ。開幕早々、チームの主力が一人、転勤で抜けちゃいましてね。そのあとさらにキャプテンも抜けて。田口くんがいなかったら、本当にあぶなかったです。チームがまとまることも、なかったかもしれない。これは奥さんにだから言えることですけどね。今シーズンわたしがしたなかで一番いい仕事は、田口くんを引っぱってきたことですよ。そのうえ、奥さんはスポンサーまで見つけてくれた。田口夫妻には、感謝しかないです」

　何とも言えなかった。わたしが謙遜《けんそん》するのも変だし、しないのも変だ。結果、黙ってしまう。

「で、そう。感謝ついでに、これもついさっき思ったんですが。ズボンを買いたいんですよ。いや、ズボンはおっさんか。えーと、スラックス、でもなくて、パンツ、ですか」

「あぁ。はい」

「わたしは今四十三なんですけどね、スラックスはともかく、パンツはどうも言いづらいんですよ。パンツはやっぱり下着だろ、と思っちゃって」

「ズボンはちょっとあれですけど、スラックスならだいじょうぶですよ」

「そうですか。じゃあ、そのスラックスを一本買いたいので、何か適当に見立ててもらえますか？」

「はい」

　そこへちょうど麻衣子さんがやってきた。午後五時。交替の時間だ。

「いらっしゃいませ」と麻衣子さんが声をかける。

立花さんが会釈を返す。わたしは麻衣子さんに言う。

「パンツのコーナーにご案内してきますね」

頂いた洋菓子の詰め合わせをカウンター内の棚に置き、外に出る。ではこちらへと、立花さんを導く。

「いやぁ、正直、デパートで自分の服を買うのは久しぶりですよ」と背後から言われる。

立花さん、もしかして映画が好きだったりしないですよね？　と訊いてみたくなる。訊かないけど。


さすがに十二月は寒い。外となると、特に。でも案外気持ちいいものだな、と思う。まずこの広さがいい。周りにはたくさん人がいるが、それでも広い。開けた感じがする。都市部でこの感覚を味わえることはあまりない。いや、田舎でもないだろう。スタジアムというもの自体が、やはり特殊なのかもしれない。

グラウンドでは、選手たちが走りまわっている。一人一人が豆粒大になってしまうかと思ったが、そんなこともない。少なくとも小豆《あずき》ではない。大豆《だいず》。

メインスタンドの真ん中辺り。観やすい席だ。ゴールの裏側だったりしたら、ちょっと観づらいだろう。そろいのユニフォームを着てチームの旗を振るサポーターの人たちに交ざる自信もない。

応援の声は大きい。プレーに対する歓声も大きい。声だけでスタジアムが揺れる感じがする。こんなに広いのにそうなることが不思議。一人一人の声が合わさって一つの音の塊《かたまり》になるのも不思議。グラウンドに立つ選手たちには、どんなふうに聞こえるのだろう。これほどの音でも、プレーに集中すると聞こえなくなるものなのだろうか。

その選手たち。一チームが十一人であることは知っている。本当かどうか、数えてみた。ちゃんと二十二人いた。だいじょうぶ。ごまかされてない。その二十二人のなかに貢がいるわけではない。貢はすぐ隣にいる。左隣。わたしと同じお客さんとして、試合を観ている。

走りまわっている選手たちは皆、プロだ。つまり、プロチーム同士の試合。天皇杯、というのだ。その準決勝。よりにもよって、年末に行われている。十二月二十九日。決勝は、一月一日に行われるらしい。言われてみれば、毎年元日の午後にはNHKでサッカーをやっているような気がする。あれがこれだったわけだ。

元日に試合。選手たちは大変だ。選手の奥さんも大変だろう。選手自身はともかく、奥さんは、決勝の前に負けたら負けたでいいやと、ちょっとは思っちゃったりしないのだろうか。まあ、しないか。

貢は試合をじっと観ている。サポーターではないから、声を上げたり手を叩いたりはしない。わたしにプレーの解説をしたりもしない。たまに、あぁ、とか、おぉ、とか言うくらいだ。あとは、うまいな、とか、そこ出す？　とか。わたしに言うのではない。完全な独り言。

年末。婦人も紳士も催事がある。催事は水曜に始まり火曜に終わることが多いが、年末は関係ない。たいていは二十三日の天皇誕生日に始まり、大晦日《おおみそか》に終わる。そして一月一日だけが、店としての休みになる。二日からはもう営業だ。ウチは一日は休むが、よそは休まないところもある。昔はほとんどのデパートが三が日すべて休んでいたらしい。夢みたいな話だ。

十二月は書き入れどき。休みはあまりとれない。特に最後の週は、とれても一日。なかにはとれない人もいる。その休みを、貢と合わせてとった。貢のほうから言ってきたのだ。

「休みの日、何かしようか」

「何かって？」

「そこまでは考えてないけど」

考えてから言いなさいよ、と思った。でもそれが貢だ。そういうところがよかった。かまえてない感じがして。女は常にサプライズを期待している、などと妙な勘ちがいをする男よりはずっといい。本気でサッカーをやる、などと言いだす妙なサプライズがなければもっといい。

「久しぶりに映画でも観る?」

そう言ったのはわたしだ。ちょっと危険だとは思った。わたしが天野亮介と映画を観に行ったことを、貢が忘れてるはずがないから。でも、ミニシアター系の映画を貢に観せたい気もしたので、冒険した。

「年末は混んでないかな」と貢は言った。

「それもそうだね」と同意した。

座れないことはないだろうが、確かに混みそうだ。暖房のムンムンする熱気もやや苦手。そこで気分を変えて、言ってみた。

「サッカーとかは、もうやってないもんね」

やってないと思い、そう言った。貢たちのサッカーと同じく、Jリーグのサッカーも終わったはずだ。テレビのニュースでもやっていた。どこだかのチームが優勝したと。だが貢は言った。

「やってるよ。天皇杯」

リーグ戦ではなく、カップ戦だという。要するにトーナメント方式の大会らしい。

東京都の代表を決める予選には、カピターレ東京も出た。貢は入団したばかりだったので、出場はしていない。チームは早い段階で敗退したそうだ。

「まあ、サッカーはいいか」

そう言った貢に、わたしはこう言った。

「サッカーでもいいよ」

だから、わたしたちは今ここにいる。二十九日の準決勝。二人とも休めた。チケットは貢がとった。どうせならいい席にしよう、と言って、ここになった。貢の試合を観るのでなく、貢と一緒に試合を観ることになるとは思わなかった。貢自身、思わなかっただろう。

先月の、あの夜のことを思いだす。カピターレ東京が負けて、今年のシーズンが終わったあの日。貢は朝早くから神奈川県に出かけていった。試合は午前十一時からなので、午後一時には終わったはずだ。延長戦とかそういうのがあったとしても、一時半。

早番だったわたしは、午後八時前に帰ってきた。貢はいなかった。夕食はいらないと言ってたから、一人、あり合わせのものですませた。試合に勝ったのだと思った。それで祝勝会をやっているのだろうと。ただ、それにしても遅かった。勝ったのなら、翌日曜も試合があるはずなのだ。祝勝会をやるにしても、お酒をたくさん飲んだりはしないだろう。

九時になるのを待って、電話をかけてみた。

「どうした？」と訊いた。

「負けたよ」と答がきた。

「そう」としか言えなかった。

屋内にいる感じではなかったので、こうも訊いた。

「今どこ？」

「外。海」

どこの海かと思ったら、みつばの海だった。帰ってはいたのだ。そこで一人で飲んでいるという。貢はポツリと言った。

「おれ、何か、キツいわ」

言葉がすんなり耳に入ってきた。あぁ、そうなのか、とすんなり思えた。

「ねぇ、だいじょうぶ？」

「もうちょっとしたら帰るよ」

電話は切れた。もうちょっと。それは何分なのか。何故、すぐ帰るよ、ではないのか。

一人にはしておけない。そんな気がした。もう夜は寒い。寒くなくてもダメ。そんな気もした。わたしはパーカーを羽織《はお》り、みつば南団地を出た。そして海に向かった。

貢のランニングコースはだいたいわかっている。防砂林と堤防のあいだの道を、浜の端から端まで走り、それから高台の四葉へと向かうのだ。信号を待って、広い道路を渡り、海岸ゾーンに入った。防砂林の辺りはちょっとこわい。だから堤防の海側を歩いた。砂浜があって、コンクリートのなだらかな段がある。そのコンクリートの部分だ。

貢はすぐに見つかった。その堤防に座り、ぼんやり海を見ていた。近づいていくと、気配を感じたのか、わたしを見た。そして、かなり驚いた顔をした。何で驚くのよ、と思った。妻ですよ、と。

途中のコンビニで買ったらしく、貢は本当に缶ビールを飲んでいた。おじさんみたい、と言ったら、ホームレスの？　と返してきた。つい笑ったが、ちょっとドキッとした。

わたしは今のように貢の隣に座った。あれこれ話をした。久しぶりに、まとまった話を。

「試合に負けるのって、そんなに悔しいの？」と訊いてみた。

「悔しいな」と貢は答えた。「何でこんなに悔しいんだよってくらい、悔しい」

でもやるのだという。

「負けるとわかってても、やる？」とも訊いてみた。

「負けるとわかってる試合なんてないよ」

そんな答がきた。ちょっと意外だった。負けるとわかっててもどうにか勝とうとする、のではない。負けると思わない、のだ。その感覚は、何というか、新鮮だった。ああ、だからなのか。漠然と、そんなことを思った。

貢にもらって、わたしも缶ビールを飲んだ。ぬるかった。でもおいしかった。間接キスだな、と思った。中学生男子の発想だ。そして最後にはこう思った。来てよかったな。

試合の前半が終わると、貢が温かいコーヒーを買ってきた。紙カップに入ったコーヒーだ。冷めないうちに飲んだ。

「あったかいね」とわたしが言い、

「うん」と貢が言う。

「でも寒いね」

「うん」

「試合をしてる選手は、寒くないの？」

「初めだけかな。すぐに感じなくなるよ」

後半が始まった。試合は白熱する。前半でもうすでに高まっていた熱が、後半はさらに高まる。選手たちが走る。躍動する。ほとんど走らない二人のゴールキーパーさえもが、躍動する。横っ跳びし、芝の地面に落ちる。自分に向かって思いっきりボールを蹴ろうとする相手に正面から突っこんでいきもする。

貢と同じディフェンダー、守りの人たちも、体を張る。ボールが高く上がると、必ずヘディングしにいく。空中で相手と体をぶつけ合う。バランスを失い、やはり地面に落ちる。相手の頭と自分の頭がぶつかることもある。それで地面に倒れることもある。でもすぐに起き上がる。またボールが上がる。またヘディングにいく。貢もこんなことをやってるのか、と思う。知ってはいたが、自分の目で見て、あらためて思う。

観客たちほぼ全員の目がグラウンドに向けられている。そんななか、わたし一人が貢を見る。こちらを見ずに、貢が言う。

「ごめん」

聞こえたが、聞き返す。

「何？」

「チームに入ることを、綾に相談するべきだった」

言ったあとも、貢はこちらを見ない。その視線を追って、わたしもグラウンドを見る。

「こないだ。海にいたとき」と貢が言い、

「うん」とわたしが言う。

「綾が今ここにいてくれたらなぁ、と思った。ほんとに来てくれたから、びっくりした。来てくれと自分が電話で言ったのに、それを忘れたのかと思った」

「酔ってたもんね」

攻めていたチームのシュートが外れ、観客たちから、あぁっ！　と落胆の声が上がる。その声が収まるのを待って、貢は言う。

「うれしかった。泣きそうになった」

「泣かなかったじゃない」

「泣きそう、で止めた」

あのときは、わたし自身、貢がすぐに見つかったことに驚いた。見つかるんだな、と思った。見つかるまで探したろうな、とも。

「もう一つ、謝らなきゃいけない」

「何？」

「春菜と二人で飲んだ」

「え？」

さすがに貢を見た。貢もわたしを見る。

「リーグ戦の最後の日。試合を観に来てくれた」

横井春菜。つぶれてしまったサッカー部のマネージャー。貢の同期だ。店の通路で会えばあいさつする。若松俊平の披露宴でも会った。

貢がグラウンドに目を戻す。

「どうにか勝って、次に進めることが決まったから、おめでとうを言うために残ってくれてたんだ。試合中は、いることに気づかなかったけど」

「呼んだわけじゃないの？」

「呼ばないよ」

わたしもグラウンドに目を戻す。選手たちが走っている。ボールを蹴ったり、跳んだり、転んだりしている。

「ビールでも飲もうとおれが言った。で、飲んだ。正直に言うと、ちょっとだけ、よくないことも考えた。でも、そんなことにはならなかったよ。おれ自身がそれを選ばなかったんだと思ってる。これはほんとに」

わたしと天野亮介のことがあるから、貢もそのことを言ったのだろうか。亮介のことがなければ、言わなかったのだろうか。言っただろうな、と思う。言わないのが優しさだと考える男もいるだろう。でもそれは打算だ。都合のいい言い訳でしかない。

そしてわたしは、貢がそんな器用さを持ち合わせてはいないことを知ってる。

「おれさ」

「うん」

「能力が低いんだよ」

「何？」

サッカーのことを言ってるのだと思った。だからプロにはなれなかった、というようなことを言ってるのだと。

「今年一年、サッカーも仕事も本気でやったからこそわかった。残念だけど、仕事の能力は低いみたいだ」わたしの返事を待たず、貢は続ける。「何ていうか、効率よくやれないんだよ。経済の仕組みとか流通の仕組みとかも、いまだによくわからない」

「そんなの、わたしだってわからないよ。すべてわかってやってる人なんていないでしょ」

「だと思う。ただ、わかってなくても、やれる人はやれるんだ。ちゃんとポイントをつかんで。それができないんだよ、おれは」

自分ができる社員であることをアピールする人はたくさんいる。でも貢はその反対。自分ができない社員であることを明かす。妻に。

「初めはさ、やれないことはないだろうと思ってたんだ。でも、じきに気づいた。あぁ、これはやれてないんだなって。売場の後輩なんかを見てるとさ、できる人はちがうなと思うよ。バランスがいいというか、やりくりがうまいんだよね。手をつけられる仕事から始めて、いつの間にかすべてを片づけてる」

「売場の後輩って、えーと、黒須くん？」

「そう。サッカーをやらせても、彼ならいいディフェンダーになるよ。いや、ディフェンダーというよりはボランチタイプかな。前も見られるし、後ろも見られる」

「でも」とわたしは言う。「貢のことをほめてくれる人も多いよ。いつも自分からあいさつをしてくれるとか、エレベーターをつかわないで階段を駆け上がってるとか」

それを聞いて、貢は笑う。

「そのくらいしか、できないからね」

「それだって能力だよ。みんながみんなできるわけじゃないよ」

神奈川での試合に負けて今シーズンが終わったあと、貢は上司の中尾マネージャーに詫《わ》びた。と、あとで本人からそう聞いた。日曜日に何度も休んだことを謝ったのだと勝手に思っていたが、それだけではなかったのかもしれない。

「綾は、優秀なんだな」

「え？」

「販促の落合さんが言ってたよ、ほんとは綾もほしかったたって」

「何それ」

「言っちゃいけなかったのかな、これ。でも言っちゃったよ。自分の奥さんが優秀なのは、気分がいい」

さっきシュートを打ったのではないほうのチームがシュートを打つ。ボールはゴール上部の横棒に当たる。ダン！　という音が響く。またしても、あぁっ！　と落胆の声が上がる。わたしたちの前列、わたしの右ななめ前に座っている男女も、同じく声を上げる。男女。たぶん、六十代の、ご夫婦。ともに白髪頭。そろいのユニフォームを着ている。今シュートを打った側と同じ黄色いユニフォームだ。

「あぁ、残念！」と奥さんが言い、

「惜しい惜しい。次決めろ！」とダンナさんが応援グッズの小さな旗を振る。

奥さんがダンナさんを見て笑う。何かがおかしいからじゃなく、ただ笑う。ダンナさんの背番号は10、奥さんは8。後ろから見ると、108。煩悩《ぼんのう》の数だ。

日本語に夫婦という言葉があってよかったと、二人を見て思う。この二人を、husband and wife と分けて呼びたくない。二人が加藤さんだとしても、Kato and his wife とは呼びたくない。

そろいのユニフォームを着てサッカー観戦をするご夫婦。二人がこれまでどんなふうに過ごしてきたのかは知らない。今どんな暮らしをしてるのかも知らない。勝ち組や負け組という言葉は好きじゃない。その分類に何の意味があるのかと、聞くたびにいやな気分になる。でもそんなものが本当にあるのなら。勝ち組はこんな人たちなのだと思う。

わたしと貢は、こうなれるだろうか。

別に勝ち組にはならなくていい。せめて老夫婦にはなりたい。好きだから、結婚した。結婚したからには、やっていく。子どもだって、いずれはほしい。二人できちんと育てたい。

「仕事はできないけど」と貢は言う。「入社してよかったと思ってるよ。綾と会えたから」

グラウンドでは、攻めていた選手が守っていた選手にボールを奪われる。攻守が入れ替わる。奪ったチームが、ポンポンと小気味よくボールをまわす。そしてそれまでの膠着《こうちゃく》状態がうそであったかのようにあっさりゴールが決まる。

ウォォォォーッと今日一番の大歓声が上がり、スタンドが揺れる。大げさじゃなく、本当に揺れる。拍手が鳴り、指笛も鳴る。周りでも何人かが立ち上がる。前列のご夫婦も立ち上がる。ダンナさんは旗を振り、奥さんは手を叩く。黄色いユニフォームが揺れる。煩悩も揺れる。わたしも何だかうれしくなる。黄色チームのにわかサポーターになる。

入社してよかったと思ってるよ。綾と会えたから。
プロポーズの言葉、結婚しよう、と同じ。ひねりはない。でも。
貢にしては、サプライズ。

始まりの日

「もう一年、やりたいんだよ」と貢が言い、

「いいんじゃない？」と綾が言う。

貢と綾。田口夫妻。結婚四年めになる。

みつば南団地D棟五〇一号室。ダイニングテーブルを挟んで座っている。向き合っている。テレビが見やすいように配置された居間のソファでは向き合えないから、こちらにした。

午後八時。二人にしては早い。この時刻に二人がそろい、夕食をすませてそのイスに座れることはあまりない。今日だから、それが可能になった。

「うまく言えないけど、今年の一年は、去年の一年とはちがうような気がするんだよ」

「どうちがうの？」

「何だろう。ちゃんとやれそうな気がする。というか、ちゃんとやる」

「ちゃんと」

「そう。食事もちゃんととる。栄養を考えて、とる。この歳になった今だからこそ、そうする。本気で一年やってみて、わかったんだ。そうするべきだって」

「食べものは、大事よね」

「うん。で、ここからが本気の相談なんだけど」

「何？」

「立花さんがさ、おれがその気ならスポンサーの会社を紹介してくれるって言うんだよ」

「紹介？」

「そう。スポンサーといっても、あの文具会社じゃなく。前から支援してくれてたスポーツ用品の小売り会社。サッカーに限らず、スポーツ全般を扱ってるっていう」

「そこに入れるの？」

「たぶん」

「会社は、やめるってこと？」

「うん。小売りだからこれまでの経験は活かせるし、商品も身近なものだから、おれでもやれそうだと思って」

貢は綾を見る。綾も貢を見る。ダイニングキッチンは狭い。だからテーブルも二人用。小さい。その分、貢と綾は近い。

「やりたいの？」と綾が言い、

「やりたい」と貢が言う。

「どうしてもやりたいの？」

「どうしてもやりたい」

「一人でもやれる？」

「ん？」

「こないだ、ちょっと話したでしょ？　名古屋店のメンズ館。柴山さんに聞いたあれ」

「あぁ。各店から人を募集するっていう」

「そう。わたし、やってみようかと思ってる」

「え？」

「採用されるかわからないけど、また手を挙げるつもり」

「本気？」

「本気。本気のサッカーと同じくらい本気。話を聞いたときは無理だと思ったけど、それからいろいろ考えた。そしたら、無理でもないような気がしてきた。無理だと決めつけるのは変」

「二年、だっけ」

「うん。そのあとも、一応、希望を聞いてくれるみたいだけど、さすがにそこまでは考えてない。今は、二年でいいと思ってる」

「名古屋。遠くない？」

「遠いけど、近いよ。月に一度ぐらいは帰ってくるつもりだし」

「月イチ、か」

「変なふうにはとらないでね。貢が会社をやめるって言ったから言いだしたわけじゃないよ。前から考えてた」

「それは、うん」

「わたしたちなら、やれるんじゃないかな」

綾は貢を見る。貢も綾を見る。

ダイニングキッチンは狭く、テーブルも小さい。名古屋は遠いが、貢と綾は近い。

「やりたいんだよね？」と貢が言い、

「やりたい」と綾が言う。

「どうしてもやりたいんだよね？」

「どうしてもやりたい」

一月一日。二人が勤める百貨店唯一の定休日。夫婦の一年が始まる。

本書は二〇一八年一月に小社より単行本として刊行されました。

この物語はフィクションです。登場人物、団体等は実在のものとは一切関係ありません。

謝辞

二〇一六年の夏に取材に応じてくださった東京ユナイテッドＦＣ（取材時はＬＢ－ＢＲＢ ＴＯＫＹＯ）の人見秀司様、三上佳貴様、二〇一七年一月まで在籍なさっていた大山元輝様に感謝します。

クラブの理事として、また選手として、それぞれに仕事をこなしながらサッカーと向き合われている皆様には大いに刺激を受けました。

本当にありがとうございました。

|著者| 小野寺史宜　1968年千葉県生まれ。2006年「裏へ走り蹴り込め」で第86回オール讀物新人賞を受賞し、デビュー。'08年『ROCKER』で第3回ポプラ社小説大賞優秀賞を受賞。著書に『ひりつく夜の音』（新潮社）、「みつばの郵便屋さん」シリーズ（ポプラ社）、『その愛の程度』を一作目とする『近いはずの人』『それ自体が奇跡』（本書）の夫婦三部作、『縁《ゆかり》』（いずれも講談社）、『ひと』『まち』（いずれも祥伝社）、『今日も町の隅で』（KADOKAWA）などがある。

それ自体《じたい》が奇跡《きせき》
小野寺史宜《おのでらふみのり》

講談社文庫
定価はカバーに
表示してあります

2020年5月15日第1刷発行

発行者——渡瀬昌彦
発行所——株式会社　講談社
東京都文京区音羽2-12-21　〒112-8001
電話　出版（03）5395-3510
　　　販売（03）5395-5817
　　　業務（03）5395-3615
Printed in Japan

デザイン—菊地信義
本文データ制作—講談社デジタル製作
印刷———豊国印刷株式会社
製本———株式会社国宝社

ISBN978-4-06-519660-1

講談社文庫刊行の辞

二十一世紀の到来を目睫に望みながら、われわれはいま、人類史上かつて例を見ない巨大な転換期をむかえようとしている。

世界も、日本も、激動の予兆に対する期待とおののきを内に蔵して、未知の時代に歩み入ろうとしている。このときにあたり、創業の人野間清治の「ナショナル・エデュケイター」への志を現代に甦らせようと意図して、われわれはここに古今の文芸作品はいうまでもなく、ひろく人文・社会・自然の諸科学から東西の名著を網羅する、新しい綜合文庫の発刊を決意した。

激動の転換期はまた断絶の時代である。われわれは戦後二十五年間の出版文化のありかたへの深い反省をこめて、この断絶の時代にあえて人間的な持続を求めようとする。いたずらに浮薄な商業主義のあだ花を追い求めることなく、長期にわたって良書に生命をあたえようとつとめるところにしか、今後の出版文化の真の繁栄はあり得ないと信じるからである。

同時にわれわれはこの綜合文庫の刊行を通じて、人文・社会・自然の諸科学が、結局人間の学にほかならないことを立証しようと願っている。かつて知識とは、「汝自身を知る」ことにつきていた。現代社会の瑣末な情報の氾濫のなかから、力強い知識の源泉を掘り起し、技術文明のただなかに、生きた人間の姿を復活させること。それこそわれわれの切なる希求である。

われわれは権威に盲従せず、俗流に媚びることなく、渾然一体となって日本の「草の根」をかたちづくる若く新しい世代の人々に、心をこめてこの新しい綜合文庫をおくり届けたい。それは知識の泉であるとともに感受性のふるさとであり、もっとも有機的に組織され、社会に開かれた万人のための大学をめざしている。大方の支援と協力を衷心より切望してやまない。

一九七一年七月

野間省一

加藤典洋
村上春樹の世界
解説＝マイケル・エメリック
世界的な人気作家を相手につねに全力・本気の批評の言葉で向き合ってきた著者が作品世界の深淵に迫るべく紡いできた評論を精選。遺稿「第二部の深淵」を収録。
かP6
978-4-06-519656-4

加藤典洋
テクストから遠く離れて
解説＝高橋源一郎　年譜＝著者、編集部
ポストモダン批評を再検証し、大江健三郎、高橋源一郎、村上春樹ら同時代小説の読解を通して来るべき批評の方法論を開示する。急逝した著者の文芸批評の主著。
かP5
978-4-06-519279-5

講談社文庫　目録

川上未映子　そら頭はでかいです、世界がすこんと入ります
川上未映子　わたくし率 イン 歯ー、または世界
川上未映子　ヘ ヴ ン
川上未映子　すべて真夜中の恋人たち
川上未映子　愛 の 夢 と か
川上弘美　ハヅキさんのこと
川上弘美　晴れたり曇ったり
川上弘美　大きな鳥にさらわれないよう
海堂　尊　外科医　須磨久善
海堂　尊　新装版 ブラックペアン1988
海堂　尊　ブレイズメス1990
海堂　尊　スリジエセンター1991
海堂　尊　死因不明社会2018
海堂　尊　極北クレイマー2008
海堂　尊　極北ラプソディ2009
海堂　尊　黄金地球儀2013
海道龍一朗　室町耽美抄　花　鏡
門井慶喜　パラドックス実践 雄弁学園の教師たち
亀井　宏　佐 助 と 幸 村

梶　よう子　迷　子　石
梶　よう子　ふ く ろ う
梶　よう子　ヨ　イ　豊《とよ》
梶　よう子　立身《りっしん》いたしたく候《そうろう》
梶　よう子　北斎まんだら
川瀬七緒　よろずのことに気をつけよ
川瀬七緒　法医昆虫学捜査官
川瀬七緒　シンクロニシティ〈法医昆虫学捜査官〉
川瀬七緒　水底《みなそこ》の棘《とげ》〈法医昆虫学捜査官〉
川瀬七緒　メビウスの守護者〈法医昆虫学捜査官〉
川瀬七緒　潮　騒　の　ア　ニ　マ〈法医昆虫学捜査官〉
川瀬七緒　フォークロアの鍵
風野真知雄　隠密　味見方同心(一)〈くじらの姿焼き騒動〉
風野真知雄　隠密　味見方同心(二)〈干し卵不思議味〉
風野真知雄　隠密　味見方同心(三)〈幸せの小福餅〉
風野真知雄　隠密　味見方同心(四)〈恐怖の流しそうめん〉
風野真知雄　隠密　味見方同心(五)〈フグの毒鍋〉
風野真知雄　隠密　味見方同心(六)〈鵺《ぬえ》の闇鍋〉
風野真知雄　隠密　味見方同心(七)〈絵巻寿司〉

風野真知雄　隠密　味見方同心(八)〈ふふふの麩〉
風野真知雄　隠密　味見方同心(九)〈殿さま漬け〉
風野真知雄　潜入　味見方同心(一)〈恋のぬるぬる膳〉
風野真知雄　昭 和 探 偵 1
風野真知雄　昭 和 探 偵 2
風野真知雄　昭 和 探 偵 3
風野真知雄　昭 和 探 偵 4
カレー沢　薫　負 け る 技 術
カレー沢　薫　もっと負ける技術〈カレー沢薫の日常と退廃〉
カレー沢　薫　非　リ　ア　王
下野《かばた》康史　ポルシェより、フェラーリより、ロードバイクが好き〈熱狂と悦楽の自転車ライフ〉
野崎雅人／佐々原史緒　戦国BASARA3〈真田幸村の章／猿飛佐助の章〉
矢野　隆／映島　巡　戦国BASARA3〈伊達政宗の章／片倉小十郎の章〉
タタツシンイチ／鏡　征爾　戦国BASARA3〈長曾我部元親の章／毛利元就の章〉
タタツシンイチ／梶　よう子　戦国BASARA3〈徳川家康の章／石田三成の章〉
風森章羽《しょう》　渦巻く回廊の鎮魂曲《レクイエム》〈霊媒探偵アーネスト〉
風森章羽　清 ら か な 煉 獄〈霊媒探偵アーネスト〉
加藤千恵　こぼれ落ちて季節は
神田　茜　しょっぱい夕陽

講談社文庫　目録

京極夏彦・原作　志水アキ・漫画　コミック版　姑獲鳥《うぶめ》の夏(上)(下)
京極夏彦・原作　志水アキ・漫画　コミック版　魍魎《もうりょう》の匣《はこ》(上)(下)
京極夏彦・原作　志水アキ・漫画　コミック版　狂骨の夢(上)(下)
北森　鴻　花の下にて春死なむ
北森　鴻　香菜里屋《カナリヤ》を知っていますか
北森　鴻　親不孝通りラプソディー
北村　薫　盤上の敵
北村　薫　紙魚家崩壊〈九つの謎〉
北村　薫　野球の国のアリス
木内一裕　藁の楯
木内一裕　水の中の犬
木内一裕　アウト＆アウト
木内一裕　キッド
木内一裕　デッドボール
木内一裕　神様の贈り物
木内一裕　喧嘩猿
木内一裕　バードドッグ
木内一裕　不愉快犯
木内一裕　嘘ですけど、なにか？

北山猛邦　『クロック城』殺人事件
北山猛邦　『瑠璃城』殺人事件
北山猛邦　『アリス・ミラー城』殺人事件
北山猛邦　『ギロチン城』殺人事件
北山猛邦　私たちが星座を盗んだ理由
北山猛邦　猫柳十一弦の後悔〈不可能犯罪定数〉
北山猛邦　猫柳十一弦の失敗〈探偵助手五箇条〉
北　康利　白洲次郎　占領を背負った男(上)(下)
北　康利　福沢諭吉　国を支えて国を頼らず(上)(下)
貴志祐介　新世界より(上)(中)(下)
北原みのり　木嶋佳苗100日裁判傍聴記〈佐藤優対談収録完全版〉
岸本佐知子　編訳　変《ヘン》愛《アイ》小説集
岸本佐知子　編　変愛小説集　日本作家編
木原浩勝　文庫版　現世《うつしよ》怪談(一)　主人の帰り
木原浩勝　文庫版　現世怪談(二)　白刃の盾
木原浩勝　増補改訂版　もう一つの「バルス」〈一宮崎駿と『天空の城ラピュタ』の時代一〉
喜国雅彦　国樹由香　メフィストの漫画
清武英利　石つぶて〈警視庁　二課刑事の残したもの〉
清武英利　しんがり〈山一證券　最後の12人〉

喜多喜久　ビギナーズ・ラボ
黒岩重吾　新装版　古代史への旅
栗本　薫　新装版　絃《いと》の聖域
栗本　薫　新装版　ぼくらの時代
栗本　薫　新装版　優しい密室
栗本　薫　新装版　鬼面の研究
黒柳徹子　窓ぎわのトットちゃん　新組版
倉知　淳　新装版　星降り山荘の殺人
倉知　淳　シュークリーム・パニック
熊谷達也　浜の甚兵衛
倉阪鬼一郎　大江戸秘脚便
倉阪鬼一郎　娘飛脚を救え〈大江戸秘脚便〉
倉阪鬼一郎　開運十社巡り〈大江戸秘脚便〉
倉阪鬼一郎　決戦、武甲山〈大江戸秘脚便〉
倉阪鬼一郎　八丁堀の忍
倉阪鬼一郎　八丁堀の忍(二)〈大川端の死闘〉
倉阪鬼一郎　八丁堀の忍(三)〈遥かなる故郷〉
黒木　渚　壁の鹿
栗山圭介　居酒屋ふじ

講談社文庫　目録

鴻上尚史　鴻上尚史の俳優入門
鴻上尚史　青空に飛ぶ
小泉武夫　納豆の快楽
近藤史人　藤田嗣治「異邦人」の生涯
小前　亮　李《り》世《せい》民《みん》
小前　亮　趙《ちょう》匡《きょう》胤《いん》〈宋の太祖〉
小前　亮　朱元璋　皇帝の貌《かお》
小前　亮　覇《は》帝《てい》フビライ〈世界支配の野望〉
小前　亮　唐玄宗紀
小前　亮　賢帝と逆臣と〈康熙《こうき》帝《てい》と三藩の乱〉
小前　亮　始皇帝の永遠〈天下一統〉
香月日輪　妖怪アパートの幽雅な日常①
香月日輪　妖怪アパートの幽雅な日常②
香月日輪　妖怪アパートの幽雅な日常③
香月日輪　妖怪アパートの幽雅な日常④
香月日輪　妖怪アパートの幽雅な日常⑤
香月日輪　妖怪アパートの幽雅な日常⑥
香月日輪　妖怪アパートの幽雅な日常⑦
香月日輪　妖怪アパートの幽雅な日常⑧

香月日輪　妖怪アパートの幽雅な日常⑨
香月日輪　妖怪アパートの幽雅な日常⑩
香月日輪　妖怪アパートの幽雅な食卓〈るり子さんのお料理日記〉
香月日輪　妖怪アパートの幽雅な人々〈妖アパミニガイド〉
香月日輪　妖怪アパートの幽雅な日常〈ラスベガス外伝〉
香月日輪　大江戸妖怪かわら版①〈異界より落ち来る者あり〉
香月日輪　大江戸妖怪かわら版②〈異界より落ち来る者あり 其之二〉
香月日輪　大江戸妖怪かわら版③〈封印の娘〉
香月日輪　大江戸妖怪かわら版④〈天空の竜宮城〉
香月日輪　大江戸妖怪かわら版⑤〈雀、大浪花に行く〉
香月日輪　大江戸妖怪かわら版⑥〈魔狼、月に吠える〉
香月日輪　大江戸妖怪かわら版⑦〈大江戸散歩〉
香月日輪　地獄堂霊界通信①
香月日輪　地獄堂霊界通信②
香月日輪　地獄堂霊界通信③
香月日輪　地獄堂霊界通信④
香月日輪　地獄堂霊界通信⑤
香月日輪　地獄堂霊界通信⑥
香月日輪　地獄堂霊界通信⑦

香月日輪　地獄堂霊界通信⑧
香月日輪　ファンム・アレース①
香月日輪　ファンム・アレース②
香月日輪　ファンム・アレース③
香月日輪　ファンム・アレース④
香月日輪　ファンム・アレース⑤(上)(下)
近衛龍春　加藤清正〈豊臣家に捧げた生涯〉
木原音瀬　箱の中
木原音瀬　美しいこと
木原音瀬　秘密
木原音瀬　嫌な奴
近藤史恵　私の命はあなたの命より軽い
小泉　凡　怪談四代記〈八雲のいたずら〉
小島正樹　武家屋敷の殺人
小島正樹　硝子の探偵と消えた白バイ
小松エメル　夢の燈《ほ》影《かげ》〈新選組無名録〉
小松エメル　総司の夢
近藤須雅子　プチ整形の真実
小島　環　小旋風《つむじかぜ》の夢《む》絃《げん》

講談社文庫　目録

佐藤あつ子　昭《あき》 田中角栄と生きた女

西條奈加　世直し小町りんりん

西條奈加　まるまるの毬《いが》

佐伯チズ　改訂完全版 佐伯チズ式「完全美肌バイブル」〈123の肌悩みにズバリ回答!〉

斉藤洋　ルドルフとイッパイアッテナ

斉藤洋　ルドルフともだちひとりだち

佐々木裕一　若返り同心 如月源十郎〈不思議な飴玉〉

佐々木裕一　若返り同心 如月源十郎〈闇の顔〉

佐々木裕一　公家武者 信平《のぶひら》〈消えた狐丸〉

佐々木裕一　逃げた名馬〈公家武者 信平(二)〉

佐々木裕一　比叡山の鬼〈公家武者 信平(三)〉

佐々木裕一　公《く》卿《ぎょう》の罠《わな》〈公家武者 信平(四)〉

佐々木裕一　狙われた旗本〈公家武者 信平(五)〉

佐々木裕一　赤い刀身〈公家武者 信平(六)〉

佐々木裕一　帝《みかど》の刀《とう》匠《しょう》〈公家武者 信平(七)〉

佐藤究《きわむ》　QJKJQ

佐藤究　Ank〈a mirroring ape〉

佐野三田紀房・原作品　小説アルキメデスの大戦

澤村伊智　恐怖小説キリカ

さいとう・たかを　戸川猪佐武 原作　歴史劇画 大宰相〈第一巻 吉田茂の闘争〉

さいとう・たかを　戸川猪佐武 原作　歴史劇画 大宰相〈第二巻 鳩山一郎の悲運〉

さいとう・たかを　戸川猪佐武 原作　歴史劇画 大宰相〈第三巻 岸信介の強腕〉

さいとう・たかを　戸川猪佐武 原作　歴史劇画 大宰相〈第四巻 池田勇人と佐藤栄作の激突〉

さいとう・たかを　戸川猪佐武 原作　歴史劇画 大宰相〈第五巻 田中角栄の革命〉

佐藤優　人生の役に立つ聖書の名言

司馬遼太郎　新装版 播磨灘物語 全四冊

司馬遼太郎　新装版 箱根の坂(上)(中)(下)

司馬遼太郎　新装版 アームストロング砲

司馬遼太郎　新装版 歳月(上)(下)

司馬遼太郎　新装版 おれは権現

司馬遼太郎　新装版 大坂侍

司馬遼太郎　新装版 北斗の人(上)(下)

司馬遼太郎　新装版 軍師二人

司馬遼太郎　新装版 真説宮本武蔵

司馬遼太郎　新装版 最後の伊賀者

司馬遼太郎　新装版 俄(上)(下)

司馬遼太郎　新装版 尻啖え孫市(上)(下)

司馬遼太郎　新装版 王城の護衛者

司馬遼太郎　新装版 妖怪(上)(下)

司馬遼太郎　新装版 風の武士(上)(下)

司馬遼太郎　戦雲の夢〈レジェンド歴史時代小説〉

司馬遼太郎　海音寺潮五郎　新装版 日本歴史を点検する

司馬遼太郎　井上ひさし　新装版 国家・宗教・日本人

司馬遼太郎　陳舜臣　金達寿　新装版 歴史の交差路にて〈日本・中国・朝鮮〉

柴田錬三郎　お江戸日本橋(上)(下)

柴田錬三郎　貧乏同心御用帳

柴田錬三郎　新装版 岡っ引どぶ〈柴錬捕物帖〉

柴田錬三郎　新装版 顔十郎罷り通る(上)(下)

白石一郎　庖丁ざむらい〈レジェンド歴史時代小説〉〈十時半睡事件帖〉

島田荘司　御手洗潔の挨拶

島田荘司　御手洗潔のダンス

島田荘司　暗闇坂の人喰いの木

島田荘司　水晶のピラミッド

島田荘司　眩暈（めまい）

島田荘司　アトポス

島田荘司　異邦の騎士〈改訂完全版〉

2020年3月15日現在